Extraict du Priuilege du Roy.

PAR Grace & Priuilege du Roy, donné à Paris le huictiesme iour de Feurier mil six cens trente-neuf. Signé, Par le Roy en son Conseil, DE MONÇEAVX. Il est permis à Antoine de Sommauille Marchand Libraire à Paris, d'imprimer ou faire imprimer vne Piece de Theatre, intitulée *Les Captifs, Comedie, de Mr de Rotrou*; Et deffences sont faites à tous Imprimeurs, Libraires, & autres, de contrefaire ladite Piece, à peine de mil liures d'amende, ny en vendre de contrefaite durant le temps de cinq ans, sinon du consentement dudit Exposant, ainsi qu'il est plus amplement porté par les Lettres de Priuilege cy-dessus dattées.

Acheué d'imprimer ce 10. *Feurier* 1640.

Les Liures ont esté fournis, ainsi qu'il est porté par le Priuilege.

DOM
QVIXOTE
DE LA
MANCHE,
COMEDIE.

A PARIS,

Chez Toussaint Qvinet, au Palais, dans
la petite Salle, sous la montee de la
Cour des Aydes.

M. DC. XXXIX.
AVEC PRIVILEGE DV ROY.

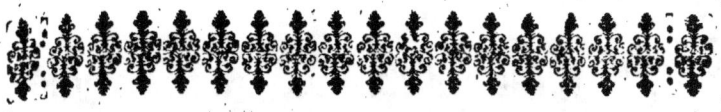

Extraict du Priuilege du Roy.

PAR grace & Priuilege du Roy, donné à Paris le 28. iour de May 1639. Signé par le Roy en son Conseil, De Monceaux : Il est permis à TOVSSAINT QVINET, Marchand Libraire à Paris, d'imprimer ou faire imprimer, vendre & distribuer vne piece de Theatre, intitulée *Dom Quixote de la Manche*, durant le temps de trois ans, à compter du iour qu'elle sera acheuée d'imprimer. Et deffences sont faites à tous Imprimeurs, Libraires, & autres de contrefaire ladite piece, ny en vendre ou exposer en vente de contrefaite, à peine aux contreuenans de trois mil liures d'amende, & de tous ses despens, dommages & interests, ainsi qu'il est plus au long porté par lesdites lettres, qui sont en vertu du present Extraict tenuës pour bien & deuëment signifiées, à ce qu'aucun n'en pretende cause d'ignorance.

Acheué d'imprimer pour la premiere fois, le 25. Octobre mil six cens trente-neuf.

Les Exemplaires ont esté fournis.

B

LES ACTEVRS

DOM QVIXOTE, Cheualier errant.

SANCHO PANCE, son Escuyer.

CARDENIE.

LVCINDE.

D. FERNANDE.

DOROTEE.

D. LOPE, amy de D. Quixote.

BARBERO, compagnon de D. Lope.

LA C. TRIFALDE, & deux de ses compagnes.

DEVX TAMBOVRS.

QVATRE DEMONS.

VN BARBIER.

DEVX SVIVANS DE D. FERNANDE.

DEVX ARCHERS.

La Scene est dans vne Tauerne prés de la Sierra Morena en Espagne.

DOM
QVIXOTE
DE LA MANCHE,
COMEDIE

ACTE I.

GARDENIE, D. LOPE, DOROTHEE,
BARBERO, SANCHO PANCA.

SCENE PREMIERE

D. LOPE, CARDENIE.

D. LOPE.

E sont là vos amours & vos contentemens,
Contez-moy vos desdeins, monstrez-
moy vos tourmens.

CARDENIE.

Puis qu'il faut acheuer vn discours si funeste,
Que ie vous l'ay promis, escoutez ce qui reste.
Malgré nostre amitié l'interest l'emporta,
Dom Fernande s'offrit, le pere l'accepta;
Lucinde par respect, ou faute de courage,
A la fin apreuua ce triste mariage.
Le iour en fin marqué, le temps haste ses pas,
Ce iour est arriué, l'on conclut mon trespas,
Et ma Lucinde mesme, ô dure souuenance!
Par vn adueu funeste en signa l'ordonnance:
Ie feus present à tout, mon extreme douleur
Voulut qu'en le sentant ie visse mon malheur;
Dans le ressentiment d'vne perte si grande
I'allois l'espée au poing me ietter sur Fernande,
Sacrifier ce traistre, & Lucinde, & les siens,
A sa foy parjurée, à mon amour, aux miens;
Mais ayant veu pasmer cette ingrate maistresse,
Ma fureur s'allentit, ie cede à la tristesse,
Et l'amour qui reuient dedans mon souuenir
Me dit qu'il faut la plaindre, & non pas la
  punir.
D'abord ie m'y resous, i'estouffe ma colere,
Ie sors à mesme temps du logis de son pere,
Et sans aucun dessein par des chemins diuers
Ie cours desesperé iusques dans ces desers.

A.

Le silence & l'horreur de cette solitude
Plûrent à mon esprit remply d'inquietude,
Et qui ne pouuoit voir qu'auec de la douleur
Des objets moins affreux que n'estoit mon mal-
 heur;
Ie fis donc le dessein d'y viure solitaire,
Ou plustost d'y mourir accablé de misere;
Dessein lasche & honteux que ie condamne en
 vain,
Tu m'amolis le cœur, tu m'engourdis la main,
Tu m'empeschas de prendre vne vengeance
 prompte
Des autheurs de mes maux, des subjets de ma
 honte:
Ie voulus reuoquer ce foible sentiment
Mais soudain la douleur m'osta le iugement,
Et mille faux objets troublans ma fantaisie
Ietterent mon esprit dedans la frenesie,
Firent voir à mes yeux en cent lieux differents,
Et Fernande, & Lucinde, & ses lasches parents.
Ie me destournay lors des objets veritables
Pour en suiure l'image en ces lieux effroyables,
Où rencontrant par fois ces fantasques pour-
 traits,
Ie croy venger sur eux les maux que l'on m'a faits:
Mais lors que ie reuien de cette réuerie,
Que ma raison blessée est tant soit guerie,

Ie roügis de me voir tout trempé de sueur,
Au lieu du traistre sang que desire mon cœur,
Voila de mes malheurs la veritable histoire,
Honteuse à mes parents, & fatale à ma gloire,
Qui fait voir que l'Amour n'a plus rien qui soit
   sainct,
Que la foy n'est qu'vn nom, & que l'honneur est
   feint.

D. LOPE.

C'est dans les grands malheurs que paroist le cou-
   rage,
Ie sçay bien qu'à l'instant que quelqu'vn nous
   outrage,
La nature nous pousse à des ressentimens
Qu'on ne sçauroit dompter les premiers mouue-
   mens,
Que mesme en cet endroit vne iuste vengeance
Est à l'esgard du Ciel vne legere offence,
Mais alors que le temps peut vray-semblable-
   ment
Auoir esteint ce feu si prompt, si vehement,
Que la colere alume, & de qui la fumée
Estouffe la raison, ou la tient enfermée,
Il faut que la vertu reprene son pouuoir,
Et range nos desirs aux termes du deuoir,
Oublier par desdein celuy qui nous irrite,

C'est en prendre vengeance & gaigner du merite.

CARDENIE.

Si le vice ne naiſt que de l'impieté,
Pardonner aux meſchans ce n'eſt pas charité,
La grace qu'on leur fait les corrompt dauantage,
Ils deuiennent plus fiers, mettent tout en vſage,
Et par cette indulgence au crime abandonnez,
Perdent les gens de bien qui les ont pardonnez.

SCENE II.

DOROTEE, CARDENIE, D. LOPE.

DOROTEE, en pouſſant ſon valet.

VA meſchant, va perfide au fonds du precipice,
l'immole à mon honneur & ta vie & ton vice,
le deuois cet effort à ma pudicité.

CARDENIE.

Quel excez de courage.

D. LOPE.

Qu'elle cruauté,

CARDENIE.

Le soin de son honneur sensiblement la touche;
Mais il faut l'aborder.

DOROTEE.

*　　　　　　　En fin tu peux ma bouche*
Te plaindre en liberté de mon perfide espoux,
Dans ce desert affreux où n'abite que nous,
Et l'horreur: Ah que vois-je? helas! ie suis perduë,
Esloignons-nous d'icy; mais ils m'ont apperceuë.

D. LOPE.

Ne vous effrayez point.

DOROTEE.

*　　　　　　　Comble de mes malheurs,*
Ils auront veu le mort.

CARDENIE.

*　　　　　　　Apaisez vos douleurs,*

DOROTEE.

Ouy ie l'ay fait mourir , & veux bien qu'on le
*　　scache,*
Pour sauuer mon honneur d'vne immortelle tache:
Le ciel est mon complice, il a veu ce trespas,

C'eſt luy qui par ſa force a ſouſtenu mōn bras :
Mais pourtant ſi les loix vous demandent ma teſte,
Que ie meure à l'inſtant, me voicy toute preſte.

D. LOPE.

Voyez comme la peur luy trouble tous les ſens.

CARDENIE.

Nos ſentimens pour vous ſont bien plus innocens,
Nous voudrions ſoulager la douleur qui vous
   preſſe.

D. LOPE.

Voyez-nous mieux encor.

DOROTEE.

          Excuſez ma foibleſſe,
Ie vous ay pris d'abort pour ceux que ie craignois.

D. LOPE.

Ie l'ay bien regneu.

CARDENIE.

          Mais que peut dans ce bois
Chercher vne beauté ſi rare & ſi charmante ?

DOROTEE.

Le treſpas ou la fin du mal qui me tourmente :

Ie cognois bien, Meſſieurs, que vous voulez
ſçauoir
Les ſubjets de ma peine & de mon deſeſpoir,
Et ie veux eſuiter les longueurs importunes
Dont ſe ſeruent pluſieurs en diſant leurs for-
tunes.
  Ie ſuis d'Andalouſie, & l'amour d'vn Seigneur
A qui i'abandonnay mon ame & mon honneur,
Sous les conditions d'vn prochain hymenée,
Çauſe le deſplaiſir par qui ie ſuis geſnée,

D. LOPE.

Voulez-vous que ſon nom ne nous ſoit pas cognu,
Et que nous ignorions ce qu'il eſt deuenu ?

DOROTEE.

Son nom eſt Dom Fernande.

CARDENIE.

Eſt,

DOROTEE.

Fernande :

CARDENIE.

A le traiſtre!

DOROTEE.

DOROTEE.

C'est luy ; mais en quel lieu l'auez-vous peu co-
    gnoistre,
Pourquoy l'outragez-vous ?

CARDENIE.

C'est pour vostre interest :

DOROTEE.

Helas ie l'ayme encor tout perfide qu'il est !

CARDENIE.

Ah lasche !

DOROTEE.

En cet endroit la charité me fasche,
Ie ne puis pas souffrir que vous le nommiez lâche.

CARDENIE.

Mais de grace acheuez.

DOROTEE.

Apres que ses desirs
Se furent satisfaits dans les derniers plaisirs,
Mon Amant me quitta, supposant vn voyage
Pour disposer son pere à nostre mariage)

Dix Iours auoient suiuy celuy de son depart
Sans que i'eusse peu voir personne de sa part,
Et craignant de sçauoir le sujet de ma crainte,
Ie n'en faisois iamais ny demande ny plainte;
Mais il falut en fin ceder à la douleur,
Demander Dom Fernande, aprendre mon mal-
heur,
L'vn des gens de mon père au retour de la ville
Me dit qu'il auoit pris vne femme à Seuille.

CARDENIE,

Vne femme à Seuille, & de quelle maison?

DOROTEE,

Il ne me le dit pas.

CARDENIE,

En sçauoit-il le nom!

DOROTEE.

Oüy, c'estoit ou Lucine, ou Lucinde.

CARDENIE, parlant à D. Lope.

Ah c'est elle.

DOROTEE.

Mon cœur à ce discours:

CARDENIE.

> Mais quelle autre nouuelle
> Vous aprit ce valet ?

DOROTEE.

> Il nous dit que le iour
> Qu'on celebra l'hymen d'vne si prompte amour
> Lucinde éuanoüit entre les bras du Prestre,
> Et que dedans son sein on trouua quelque lettre,
> Où de sa propre main elle faisoit sçauoir
> Qu'elle auoit dit oüy seulement par deuoir,
> Qu'elle aymoit Cardenie.

CARDENIE.

> Ah parole charmante!
> Ah bien heureux amant, ah genereuse amante!
> Mais en fin que fit on ?

DOROTEE.

> Fernande depité
> Sortit de la maison, & quitta la cité :
> Je resolus alors.

CARDENIE.

> Lucinde que fit elle ?

DOROTEE.

Elle reuient au iour plus charmante & plus belle,
Demande Cardenie, on le cherche, il s'enfuit,
Lucinde se dérobe au milieu de la nuit;
Pas vn des siens ne sçait ce qu'elle est deuenuë,
Moy ie prens cet habit afin d'estre incogneuë,
Et sors à la mercy d'vn valet & du sort,
Pour chercher en tous lieux ou Fernande, ou la
    mort;
Sur les aisles d'Amour & de la jalousie
I'ay desia trauersé toute Landalousie,
I'ay veu de ces deserts les endroits les plus noirs,
Où l'on ne vient iamais que pour des desespoirs;
Mon valet rebuté du mal qui me surmonte,
Violant les saincts droicts de respect & de honte,
N'a pas craint d'attenter à ma pudicité,
Pour sauuer mon honneur ie l'ay precipité,
Le Ciel en ce seul poinct ma monstré sa justice,
C'est luy qui l'a conduit au bort du precipice,
Pour luy faire subir la rigueur de ses loys;
Vous estes arriuez comme ie l'y poussois.

D. LOPE.

Douce punition à l'égal de l'outrage,
Digne pourtant de vous & de vostre courage.

CARDENIE.

Mais auant que d'entrer dans ces tristes deserts,
En demandant Fernande en tant de lieux diuers,
N'auez-vous rien apris de Lucinde?

DOROTEE.

Son pere
Nous dit qu'elle auoit fuy dedans vn Monastere,
Attendant le retour de son premier amant :
Mais la cognoissez-vous ?

CARDENIE.

Se peut-il autrement,
Cette rare beauté de tant d'atraits pourueuë
Peut elle estre en Espagne & n'estre pas cogneuë ?
En fin c'est trop long-temps vous cacher mon bon-
heur,
Ie la cognoy, ie l'ayme, oüy i'ay bien cet honneur,
Et vous m'auez apris dedans cette nouuelle,
Que ie possede encor celuy d'estre aymé d'elle.

DOROTEE.

Vous estes Cardenie.

CARDENIE.

Oüy Madame, & ie suis

Redeuable à vos soins de tout ce que ie puis,
Ie reçoy vn bien-fait, mais i'en medite vn autre,
Vous me rendez mon bien, ie vous rendray le
    vostre:
Si Fernande persiste à vous manquer de foy,
Si ie puis l'obliger à se batre auec moy,
Ie le feray sans doute, & si i'ay la victoire
Il y perdra la vie, ou vous rendra la gloire;
Pour ne pas differer l'effect de ce dessein
Nous partirons d'icy, s'il vous plaist, dés demain.

DOROTEE.

Que pourray-ie respondre à tant de courtoisie?
Mon cœur chassez bien loin l'amour, la ialousie,
Ie ne veux plus vous voir amoureux, ny ialoux,
Soyez recognoissant, ie veux cela de vous.

SCENE III.

BABERO, CARDENIE, DOROTEE,
D. LOPE.

BARBERO, apportant des habits de femme, &
des barbes.

I'AY bien eu de la peine à tenter cette femme
Pour auoir ces habits.

D. LOPE.

Puis que voicy Madame.

BARBERO.

Quelle Dame?

D. LOPE.

Tantoſt vous le pourrez ſçauoir,
Il faut changer d'auis.

DOROTEE.

A quoy ce voile noir,
Ces barbes, ces habits?

D. LOPE.

Aprenez vne hiftoire
Qui fournit des fujets de rire à la memoire,
Plus que tous vos malheurs ne fçauroient preparer
A vous & vos amis de fujets de pleurer.

CARDENIE.

De grace contez-là.

D. LOPE.

Depuis peu de la Manche
Sont fortis Dom Quixot, & fon Efcuyer Sanche,
L'vn pour fe faire Roy, l'autre pour gouuerner
L'Ifle que fon Seigneur promet de luy donner.
Ce pauure Gentil-homme eftoit eftimé fage,
Chacun le confultoit dedans noftre village;
Mais depuis qu'il a veu les liures d'Amadis,
Des quatre fils d'Aymon, & de tous ces hardis
Qui feuls pouuoient combatre & deffaire vne
armée,
Deuenir Empereurs dans vne matinée,
Et fe faire adorer d'Infantes & de Roys,
Il ne nous parle plus que de donner des loys,
Et de refufciter dans tous les lieux du monde
L'ordre des Cheualiers de la grand table ronde.
Emporté du defir d'imiter les hauts faits

Di

De ces vaillans Heros qui ne furent iamais,
L'ingenieux Quixot fait vn armet de carte,
Et sans nous dire adieu, s'arme, part & s'escarte,
Emmenant auec luy Sanche enflé du desir
De se voir Gouuerneur pour manger à loisir.
Marchans doncques ainsi tous comblez d'ale-
    gresse,
Dom Quixot se souuient qu'il n'a point de mai-
    tresse,
Ce penser le surprend ; car il n'a iamais leu
Qu'aucun des Cheualiers s'en trouuast dépourueu.
A qui pourray-ie donc, disoit-il en soy-mesme,
Recommander ma vie en vn peril extresme ?
A qui pourray-ie donc enuoyer tous les iours
Ceux qui de ma valeur tireront du secours,
Tant de Princes banis, de Dames affligées,
De Roys dépossedez, d'Infantes outragées :
A ces mots il s'arreste, & veut s'en retourner ;
Mais le diable subtil qui tasche à l'emmener,
Voyant comme à son gré la folie en dispose,
Luy fait resouuenir d'Alonse du Tobose
De qui le bon Seigneur fut autrefois piqué,
Le voila satisfait, le voila rembarqué,
Il veut qu'au lieu d'Alonse elle soit Dulcinée,
De paysanne grossiere & Princesse & bien née,
Tout luy succede à poinct ainsi qu'il le conçoit,
Il auroit dauantage encor s'il le pensoit.

                                    C

Ayant heureusement demelé ce scrupule,
Il suit le mouuement de l'ardeur qui le brusle
Desprouuer sa valeur contre quelque geant,
Et descouure en chemin trente moulins à vent,
Ce sont à son aduis des enfans de la terre,
Contre qui Iupiter espargna son tonnerre,
Et qui sont reseruez en ce siecle tortu
Pour seruir de trofée à sa haute vertu.

Dans cette opinion il court à leur rençontre,
Sanche inutillement l'appelle & luy remontre
Que son œil le deçoit, il poursuit son dessein,
Et veut resolument combatre main à main.

Desia d'vn coup de lance il a percé la toile
Qui de l'vn des moulins enuironne le voile,
Quand il veut s'approcher pour le saisir au corps:
Mais malgré sa valeur & malgré ses efforts,
La voile que le vent pousse auec violence
Iette à dix pas de là luy, son cheual, sa lance,
Tout sans dessus dessous, pesle mesle entassé,
Sanche acourt en pleurant à ce pauure froissé;
Mais luy sans s'estonner d'vne telle auenture,
Luy dit qu'vn enchanteur a changé la figure
De ces maudits geans, pour rauir à son bras
L'honneur qu'il eust aquis en les mettant à bas:
Mais qu'en fin leurs trauaux auront leur recom-
    pense;
Car vn autre enchanteur entreprend leur deffence,

Qui veut, apres auoir esprouué sa valeur,
Couronner son merite, & le faire Empereur,
Qu'alors l'Isle promise arriuera sans doute:
Sanche veut croire tout, ils reprenent leur route.
Ie ne vous diray point en combien de combats
Ces vaillants champions ont signalé leurs bras,
Comme du Biscayn l'audace fut soumise,
Comme vn pauure Berger fut mis à la chemise,
Comme l'on berna Sanche , & comme Dom
    Quixot
Perdit en vn combat vne oreille & son pot ;
Iamais on ne luy vit de colere pareille,
Il ne se fache point d'auoir perdu l'oreille,
L'onguent de Fierabras peut bien, à son aduis,
Reparer ce defaut, en eut-il perdu dix ;
Mais celuy de l'armet luy semble irreparable :
Sa memoire pourtant a recours à la fable,
Où Sacripant faché d'vn semblable destin
Iure de conquerir l'armet du grand Mambrin,
Il fait pareil serment pour pareille conqueste,
Croit desia le tenir, & s'en couurir la teste.

DOROTEE.

A quel poinct les Romans ont troublé cet esprit !

D. LOPE.

Dans ce nouueau dessein escoutez ce qu'il fit ;

La grelle qui suruint ne fut pas assez forte
Pour arrester le feu de l'ardeur qui l'emporte
Vers le riche butin que son cœur se promet,
Dabort il se detourne, & croit voir cet armet
Sur le superbe chef d'vn Geant plain d'audace,
Qui sur vn cheual gris paroist & le menace.
Cet armet, ce cheual, & ce grand Cheualier
Sont vn bassin de cuiure, vn baudet, vn Barbier.

CARDENIE.

Plaisante vision!

D. LOPE.

     Preuoyant la tempeste
Ce Barbier auoit mis son bassin sur sa teste,
Voulant la garentir de la grelle & de l'eau,
Ou peut-estre craignant de gaster son chapeau,
Dom Quixote qui veut malgré Sanche & sa
   veuë
Que l'auenture soit ainsi qu'il la preueuë,
Court la lance en l'arrest acheuer son dessein:
Le Barbier qui le voit les armes à la main
S'en venir droict à luy, craintif tremble la fieure,
Quitte là son baudet, & s'enfuit comme vn lieure,
Laisse aussi son bassin, Dom Quixote le prend,
Et croit d'auoir trouué quelque chose de grand,
Du depuis il le porte en toutes les batailles

Où sa rare valeur fait tant de funerailles,
Et croit quoy qu'au trauers on l'ait soüuent blessé,
Que c'est vn casque d'or qu'on n'a iamais percé.
L'on nous a dit depuis que ce grand Capitaine
Auoit aussi tiré des forçats de la chaine,
Blaissé quelques Archers, maltraité des marchans,
Volé sur les chémins, batu des Penitens,
Que la saincte Armand at le vouloit faire prendre,
Et noble & fou qu'il est menaçoit de le pendre.
Soudain pour éuiter cet insigne malheur
Qui combleroit les siens de honte & de douleur,
Nous quittons nos maisons, & prenons la cam-
       pagne
Cherchons ce maistre fou dedans toute l'Espagne;
En fin ayant apris qu'il estoit dans ces lieux
Nous auions resolu de deceuoir ses yeux,
Et de nous déguiser, l'vn en Dame affligée
Qui d'vn ton excessif desire estre vengée,
Et l'autre en Escuyer, pour pouuoir l'obliger
De venir auec nous afin de nous venger:
Voila de ces habits le veritable vsage.

DOROTEE.

Puis que ce Cheualier est de vostre village,
Et que vous desirez de le tirer d'icy,
Ne vous déguisez point, laissez-moy ce soucy,
Malgré les sentiments du mal qui me tourmente,

                                    C iij

Ie representeray la Damoiselle errante,
Que monsieur l'Escuyer s'abille seulement.

D. LOPE.

Metez donc cette barbe.

BARBERO.

Est-ce ainsi?

D. LOPE.

Iustement,

DOROTEE.

I'ay leu les Amadis, & croy que ma memoire
Me peut fournir encor de quoy faire vne histoire
Capable d'amolir vn cœur plus endurcy,

D. LOPE.

Que vous nous obligez.

CARDENIE.

I'en veux bien estre aussi,

D. LOPE.

Vn iour vos charitez auront leur recompense.

SCENE IV.

BARBERO, SANCHO PANSA, DOROTEE,
D. LOPE, CARDENIE.

BARBERO.

CEluy qui vient à nous n'est-ce Sancho
Pance?

DOROTEE.

Quoy ce digne Escuyer.

D. LOPE.

Oüy c'est luy.

CARDENIE.

Quel bon-heur.

SANCHO, parlant à part-soy.

Frere Sanche où vas-tu hazarder ton honneur?
Le peuple de la Manche est boüillant & colere,
S'ils sçauent ton dessein comme il se peut bien faire,
Mille coups de baston.

D. LOPE.

Escoutons ce discours.

SANCHO.

Pourroient estre le fruict de ces belles amours,
Et pourquoy doiuent-ils me traiter de la sorte,
Ie n'ay point composé la lettre que ie porte,
I'obeis à mon maistre: Ah ne vous flatez pas,
Si vous estes surpris en vous rompra les bras:
Et pourquoy deuez-vous par des discours in-
   fames
Faire effort de seduire & lanterner leurs Dames?
Mais ie ne diray rien; n'importe.

CARDENIE.

Quel plaisir.

SANCHO.

Vous fomentez, tousiours cet amoureux desir,
Et ie crain qu'à la fin le succez soit funeste,
Fuy, fuy, si tu me crois à l'égal de la peste
Dulcinée & la Manche, & paye si tu peux
D'vn discours inuenté ton Seigneur amoureux.
Vous fairiez mieux encor, malheureux que vous
   estes,
De quitter tout à fait le mestier que vous faites,
                                    Pourquoy?

Pourquoy ? par son moyen ie seray Gouuerneur.

D. LOPE.

Où va le braue Sanche, & que fait son Seigneur?

SANCHO.

J'alois iusqu'au Toboze apporter vne lettre :
Mais monsieur est-ce vous ? qui vous eust peu co-
gnoistre,
Qu'est-ce que vous cherchez dans ces lieux plains
d'effroy?

D. LOPE.

Le vaillant Dom Quixot pour le couronner Roy.

SANCHO.

Il veut estre Empereur, c'est chose resoluë :
Monsieur, vn Roy peut-il de puissance absoluë
Donner vne grande Jsle, & la faire plier
Sous le gouuernement de son pauure Escuyer?

D. LOPE.

Sans doute.

SANCHO.

Il le peut donc.

D. LOPE.

Oüy sur ma parole.
D

SANCHO.

Mieux vaux vn merle en main qu'vne perdrix
qui vole;
Il prendra ce Royaume, oüy pour l'amour de moy
Il se contentera d'estre seulement Roy:
Mais, monsieur, quatre mots.

D. LOPE.

Que veux-tu?

SANCHO.

Cette Dame
Que vous accompagnez, est elle vostre femme?

D. LOPE.

Nenny, c'est vne Reyne.

SANCHO.

Et de grace son nom.

D. LOPE.

C'est l'heritiere en chef du grand Micomicon
Roy de l'Ethiopie, & qui cherche ton maistre
Pour se donner à luy.

SANCHO.

Ie l'ay pensé cognoistre:

Ah l'heureuſe rencontre, ab Sancho bien-heureux!
Voicy l'Iſle promiſe & l'objet de tes vœux,
Malgré Sanſon Caraſco & tout noſtre village,
Qui vouloient ſouſtenir que ie n'eſtois pas ſage,
Le lievre ſort en fin d'où l'on ne penſe pas,
I'ay mon gouuernement, ie le tiens dans mes bras

D. LOPE, parlant à Cardenie & Doroteé.

Et bien qu'en dites-vous?

CARDENIE.

Il eſt incomparable.

BARBERO.

Dom Quixot eſt moins fou.

SANCHO.

Ie ſerois miſerable
Si i'euſſe demeuré parmy des laboureurs,
Qui veut eſtre Empereur hante des Empereurs.

D. LOPE.

Sanche il eſt deſia temps de trouuer Dom Quixote,
Où l'auez vous laiſſé ?

SANCHO.

Là bas dans vne grote,

C ij

Se plaignant des rigueurs, des mépris, des atraits
D'vne Dame qu'il ayme, & qu'il ne vit iamais;
Suiuez-moy seulement, ie vay vous y conduire.

D. LOPE.

Allez vn peu deuant, Dieu que nous alons rire.

ACTE II.

SCENE PREMIERE:

DOM QVIXOTE, SANCHO PANSA.

DOM QVIXOTE.

 *V'ELLE foit Reyne ou non, ie fçay bien mon deuoir.*

SANCHO.

Il eft vray.

DOM QVIXOTE.

La vertu limite mon pouuoir,
Ce n'eft pas l'intereft qui doit pouffer nos armes,
Ie fçay bien qu'en ce fiecle il a de puiffans char-
*   mes,*
Que prefque tout le fuit, & qu'vn fage Empe-
*   reur*

D iij

Dit qu'en faueur d'vn trône on peut faire vne.
    erreur,
Les Cheualiers errans ont bien d'autres maximes,
Ils suiuent pour reigner des moyens legitimes,
Et méprisent le trône auec tous ses apas,
S'il faut pour l'acquerir se fouruoyer d'vn pas;
Ainsi viuoient iadis ces merueilles du monde,
Ces nobles Cheualiers de la grand' table ronde,
Roland le furieux, les quatre fils d'Aymon,
Et mil autres encor dont ie tairay le nom;
Moy qui veux imiter leurs vaillans faicts de
    guerre,
Restablir leur honneur dessus toute la terre,
Et faire voir sous moy les vices abatus,
Ie doy premierement imiter leurs vertus,
Aussi le veux-je faire, & ie croy que ma gloire
En la restablissant ternira leur memoire,
Oüy ie croy d'effacer par mes faits glorieux
Le lustre des exploicts de tous ces demi-Dieux,
Ce que i'ay desia fait m'en est vn bon presage:
Mais que dit on de moy dedans nostre village,
Et sur le grand chemin où tu viens de passer?

SANCHO.

Laissons parler le monde, il n'y faut plus penser,
Puis que ie voy mon Isle aujourd'huy toute preste,
Qu'vne couronne d'or vous va couurir la teste,

Ie me mocque de tout.

DOM QVIXOTE.

Mais encor que dit-on?

SANCHO.

L'on dit vrayment par tout ; l'on ne dit rien de bon.

DOM QVIXOTE.

Acheue , la vertu se mocque de l'outrage.

SANCHO.

On dit vrayment par tout que vous n'estes pas sage,
Et que ie suis encor plus fou d'imaginer
Que vous me donnerez vne Isle à gouuerner.

DOM QVIXOTE.

Siecle ingrat ta malice en ce poinct est extreme,
Si la haute vertu ne trouuoit en soy-mesme
Dequoy se satisfaire, & dequoy se payer,
En voila le plaisir, en voila le loyer,
Ceux pour qui ie m'expose obscurcissent ma gloire.

SANCHO.

Ie croy que le meilleur est de ne les pas croire,
De me donner mon Isle, & de vous couronner,
S'ils murmurent apres laissez-moy gouuerner,

Monſieur le ſiecle & ceux qui voudront l'entre-
  prendre
Se peuuent aſſeurer que ie les feray pendre,
Que l'on n'irrite point l'eſprit d'vn Gouuerneur.

DOM QVIXOTE.

Qui meurt pour ſon pays meurt en homme d'hon-
  neur ;
Mais celuy-là qui meurt pour ſa patrie ingrate
Sans qu'aucun ſentiment de vengeance le flate,
Il meurt comme mouroient ces braues demi-Dieux
Dont les noms ſont eſcrits ſur la ſphere des cieux.

SANCHO.

Ne parlons point des morts, viuons à la bonne
  heure,
Que quelque malheureux en parle, ou bien qu'il
  meure,
Le malheur ny la mort ne ſont pas faits pour nous;
Dom Lope qui croyoit que nous eſtions des fous,
Qui pour nous arreſter ſe donna tant de peine,
A bien changé d'auis en voyant cette Reyne,
C'eſt luy qui la conduit, & ie croy fermement
Qu'il vient vous demander quelque gouuerne-
  ment :
Mais ſi vous me croyez, puis qu'il fut incredule,
Il s'en retournera doucement ſur ſa mule;

L̃

Le miel n'eſt pas pour l'aſne, & ie n'en dis rien
plus.

DOM QVIXOTE.

Ie veux eſtre touſiours ce qu'autrefois ie fus,
Ne me conſeille point de changer de nature,
Dom Lope ſe trompa quand il me fit injure,
Et ie te fay ſçauoir que les hommes de cœur
Ne puniſſent iamais des crimes de l'erreur,
Si ie puis l'obliger mon eſprit s'y diſpoſe :
Mais encor quel accueil te fit on au Toboſe ?

SANCHO.

Fort bon.

DOM QVIXOTE.

N'abrege point vn diſcours qui me plaiſt,
Fay m'en vn long recit.

SANCHO.

Ie vous l'ay deſia fait.
Que luy pourray-je dire, ah Dieu que i'ay de Pas.
peine !

DOM QVIXOTE.

Quand tu fus introduict au Palais de ma Reyne,
Quel ouurage occupoit ſon eſprit & ſes doigts ?

E

DOM QVIXOTE,

SANCHO.

Ie vous ay desia dit qu'elle cribloit des poix.

DOM QVIXOTE.

Des poix, les touchas-tu?

SANCHO.

Ie fis bien dauantage,
Car i'en mangeay ma part dedans vn bon potage.

DOM QVIXOTE.

Sçache que l'enchanteur qui changea les geans
Peut deceuoir ton œil, & ta main, & tes dents,
Et qu'il l'a fait sans doute en cette circonstance,
Ie cognois Dulcinée & sa magnificence
Pour suiure Cleopatre & nous traiter en Roys,
Elle t'a fait seruir des perles pour des poix,
Admire sa grandeur, admire son adresse:
Mais dis-moy que fis-tu?

SANCHO.

Voila cette Princesse.

DOM QVIXOTE.

Reseruons ce discours pour vne autre saison.

❧❧❧❧❧❧❧❧❧❧❧❧❧❧❧❧❧❧❧❧❧❧

SCENE II.

D. LOPE, DOROTEE REYNE DE
MICONMICON, SON ESCVYER,
CARDENIE.

D. LOPE.

I'*Ettez-vous à ses pieds.*

REYNE DE MICONMICON.

Oüy c'est bien la raison.
Fameux restaurateur de la cheualerie
A qui sont reseruez.

DOM QVIXOTE.

Leuez-vous ie vous prie.

R. DE MICONMICON.

Ie ne me leue point.

DOM QVIXOTE.
Ie fuis.
R. DE MICONMICON.
Escoutez-moy.

E ij

DOM QVIXOTE.

C'eſt trop, vous-vous moquez.

R. DE MICONMICON.

Je fay ce que ie doy.

DOM QVIXOTE.

Vous choquez voſtre rang.

R. DE MICONMICON.

Ie demande vne grace.

DOM QVIXOTE.

Madame leuez-vous.

R. DE MICONMICON.

Ie ſçay que ie vous laſſe,
Mais ie ne puis m'oſter de ces ſacrez genoux,
Que vous ne m'accordiez ce que ie veux de vous.

DOM QVIXOTE.

Ie vous accorde tout, oüy grande Princeſſe,
Contre qui que ce ſoit, excepté ma maiſtreſſe,
Vous pouuez librement diſpoſer de mon bras.

R. DE MICONMICON.

Sans ces conditions ie ne le voudrois pas.

CARDENIE.

A ton iamais veu feindre auec tant d'accortise.

SANCHO.

Monsieur au moins.

DOM QVIXOTE.

Tu veux dire quelque sotise.

SANCHO.

Sotise ou non sotise, il m'y faut bien penser.

DOM QVIXOTE.

Et bien.

SANCHO.

Souuenez-vous de me recompencer,
Et que l'Isle.

DOM QVIXOTE.

Tay toy.

R. DE MICONMICON.

La faueur que i'espere.
Est de me voir remise au trône de mon pere,
Qu'vn Geant orgueilleux occuppe iniustement,

E iij

Et que pour procurer mon restablissement
Vous partiez auec nous dedans cette iournée,
Puis-je esperer ce bien.

DOM QVIXOTE.

Ma parole est donnée:
Mais auant que partir ie voudrois bien sçauoir
L'histoire des malheurs où nous allons pouruoir,
Vostre nom, vos parens, & quel sort fauorable
Vous a fait rencontrer ce desert effroyable,
Où i'imite Amadis depuis deux ou trois iours.

R. DE MICONMICON.

Ie suis fille du Roy de.

D. LOPE.

Courons au secours,
La memoire luy manque; adorable Princesse,
Ie ne m'estonne point qu'en l'ennuy qui vous presse
Vous ayez oublié iusques à vostre nom,
Et que vous decendez du grand Miconmicon;
Les extremes malheurs renuersent la memoire.

R. DE MICONMICON.

Il est vray; mais pourtant poursuiuons nostre hi-
stoire,
Le grand Miconmicon fut donc mon pere & Roy,

Ce braue & sage Prince eust tant de soin de moy,
Sçachant que ie deuois succeder à son trône,
Qu'il me fit esleuer ainsi qu'vne Amazone,
Et voulut découurir par art d'enchantement
Quels seroient les progrez de mon gouuernement;
Apres auoir dix ans fueilleté la magie,
Fait, deffait, & refait cent fois mon effigie,
Ruiné ses subjets par des impots nouueaux
Pour auoir du papier, de l'encre & des flam-
    beaux,
Il descouurit en fin auec beaucoup de peine,
Qu'il mourroit quelque iour, & que ie serois
    Reyne;
Mais que bien-tost apres vn outrageux geant
Entreroit dans ma terre & l'irroit rauageant,
Menaçant mes subjets de mort & de seruage
Si ie ne consentois à nostre mariage;
Mon pere me cacha ce deplorable sort
Iusqu'à ce qu'il se vit au moment de sa mort,
Lors il me fit venir, & d'vne voix mourante
M'anonça le malheur qui me fait estre errante;
M'asseurant toutesfois que mon mal finiroit
Si ie me souuenois de ce qu'il me diroit,
Et si ie m'en souuien: Ce fut que dans l'Espagne
Viuoit vn Cheualier qui couroit la campagne,
Les rues, les chemins, pour reparer les torts,
Soustenir les petits, & renuerser les forts,

Que si quand le geant entreroit dans ma terre,
Au lieu de m'amuser à luy faire la guerre,
Ie m'en allois chercher ce guerrier indompté,
Il me retireroit de la captiuité,
Il se deuoit nommer Dom Assote ou Gigotte.

SANCHO.

Vous-vous trompez, Madame, il vous dit Dom
　　Quixote.

R. DE MICONMICON.

Il est vray.

CARDENIE.

　　Quelle adresse.

D. LOPE.

　　　　Et quel couple de foux.

R. DE MICONMICON.

Il me le depeignit du tout semblable à vous,
Haut, maigre, droit, bien fait du corps & du vi-
　　sage,
Moderé, patient, doux, amoureux & sage,
Et portant vne marque au beau milieu du sein
Couuerte de trois poils ressemblans a du crain.
　　　　　　　　　　　　　　DOM

DOM QVIXOTE.

Sanche delaſſez-moy, voyons ſi i'ay la marque,
Et ſi ie ſuis celuy dont parle ce Monarque.

SANCHO.

Pour la marque & le poil i'en reſponds.

R. DE MICONMICON.

On vous croit.

SANCHO.

Mais elle eſt à coſté.

R. DE MICONMICON.

N'importe où qu'elle ſoit,
C'eſt touſiours vne marque, entre amis peu de choſe
Ne doit iamais troubler le marché qu'on propoſe.

DOM QVIXOTE.

La Princeſſe a raiſon.

CARDENIE.

Ah le plaiſant diſcours.

R. DE MICONMICON.

Mon pere dit encor que ſi par ce ſecours

E

I'eſtois, comme il croyoit, remiſe dans ma terre,
Et qu'apres ſa victoire & la fin de la guerre,
Ce vaillant Cheualier me voulut eſpouſer,
En ce cas il falloit ne le pas refuſer;
Mais pluſtoſt luy donner mon trône & ma per-
    ſonne.

DOM QVIXOTE.

Sanche qu'en dites-vous? manquons-nous de cou-
    ronne ?
N'auons-nous point de Reyne à qui nous marier?

SANCHO.

Sur mon Dieu tout va bien; mais ie veux vous
    prier
De conclurre l'affaire, & de me donner l'Iſle.

R. DE MICONMICON.

Mon pere mourut donc, ie quittay noſtre ville
Auec pluſieurs des miens, dont la fidelité
Se conſeruoit encor dans mon aduerſité;
Nous auons ſur la mer voyagé quatre années,
Eſprouuant le couroux des fieres deſtinées,
Touſiours pouſſez des vents, touſiours battus des
    flots,
Touſiours dans le peril, iamais dans le repos,
Helas combien de fois ay-ie veu ma nauire

Au deſſus des vapeurs que le Soleil attire,
Et tout à coup tomber d'vn effroyable mont
Dans le ſable & l'horreur d'vn abyſme profond!
Helas combien de fois au milieu de l'orage
Ay-je flatté mes gens pour leur donner courage!
Helas combien de fois ay-je trahy mon cœur
Pour paroiſtre hardie & leur cacher ma peur!
Si ie voulois, Monſieur, vous dire les trauerſes
Qui nous ont affligez dans nos routes diuerſes,
Ie mourois de douleur, vous ſouffririez auſſi,
Et le Soleil demain nous reuerroit icy,
Ie diray ſeulement qu'apres ce grand orage
Mon vaiſſeau vint briſer à dix pas du riuage,
Et que de tous les miens la mer fut le tombeau,
Nous eſtions ſur vn aix qui nous ſauua de l'eau
Cet Eſcuyer & moy, ſur le poinct que la parque
Tranchoit les triſtes iours de tous ceux de ma bar-
    que,
Mon malheur fut ſi grand que ie les vis perir
A mes yeux, dans mes bras, & ſans les ſecourir.

D. LOPE.

D'où peut-elle tirer les diſcours qu'elle enfille ?

R. DE MICONMICON.

Eſtans ſortis de l'eau nous entrons dans la ville,
Ie m'informay de vous, vn chacun vous cognoiſt,

DOM QVIXOTE,

Et de voſtre village, on me le monſtre au doigt,
I'y cours pour vous trouuer; mais ie fus aduertie
De voſtre genereuſe & seconde sortie :
Ce braue Cheualier qui vit bien mon soucy,
S'offrit courtoiſement de me conduire icy,
Au bruit de vos hauts faicts, de qui la renommée
Dedans toute l'Eſpagne & la Manche eſt semée.

DOM QVIXOTE, parlant à D. Lope.

Vous ne meſdirez plus des Cheualiers errans.

D. LOPE.

Mon Seigneur Dom Quixot à la fin ie me rends,
Que voſtre Majeſté future me pardonne.

DOM QVIXOTE, à la Reyne & à D. Lope.

Leuez-vous ; oüy mon bras vous rendra la cou-
    ronne,
Incomparable Reyne, & remettra la paix
Dedans tous vos eſtats pour durer à iamais,
Cet orgueilleux Geant tombera sur la terre,
Son sang eſtouffera les flambeaux de la guerre,
Et vos pauures subjets poſſederont sous vous
Vn repos auſſi long comme il leur sera doux.

SANCHO.

Sans doute.

DOM QVIXOTE.

Quand à moy ie ne veux que la gloire
Que merite le prix d'vne telle victoire,
Cueilliſſez-en le fruict auec vn autre amant;
Ie ne dois, ny ne puis vous parler autrement,
Mon cœur eſt engagé, ie ſuis à Dulcinée,
C'eſt elle ſeulement qui fait ma deſtinée,
Et tant qu'elle voudra me ſouffrir ſous ſes loix
L'oyſeau Phenix s'offrant ie le refuſerois:
Ne vous offencez point d'vn refus legitime,
Parmy les gens d'honneur l'inconſtance eſt vn
     crime,
Et vous meſme, ſans doute, apres ce changement,
Craindriez de receuoir vn pareil traittement;
Que ſi de mes vertus vous eſtes enflammée,
Aymez-les ſeulement, aymez ma renommée,
Et ne deſirez-pas qu'vne infidelité
Teſmoigne ma foibleſſe à la poſterité.

R. DE MICONMICON.

Ne vous contraignez point mon deſir eſt le voſtre.

SANCHO.

En fin il faut parler puis qu'il y va du noſtre.
Quoy, Monſieur, eſt-ce ainſi que vous deuenez
     Roy,

Vous refusez la Reyne, & dites-nous pourquoy?
Alonce ou Dulcinée a-elle plus de grace?
Que le diable l'emporte auec toute sa race,
Elle en a cent fois moins, & ne merite pas
Que la Reyne l'employe à luy tirer les bas:
Ainsi ie croupiray tousiours dans la misere,
Et ne verray iamais cette Isle que i'espire;
Si vous allez chercher des trufes en la mer,
Et fuyez vn party qui vous doit couronner,
Au diable soyez-vous, prenez cette Princesse,
Et puis si vous voulez ayez vne maistresse,
Qui peut vous empescher d'aymer en deux en-
    droicts,
Et qui voudroit choquer la volonté des Roys?
Apres faites moy Comte, ou me donnez cette Isle.

DOM QVIXOTE.

Miserable damné, voila bien du haut stille,
Ah n'estoit le respect de Mademe.

R. DE MICONMICON.

                              Arrestez.

DOM QVIXOTE.

Tu ne te rirois pas de tes meschancetez.

CARDENIE.

La piece est rauissante.

DOM QVIXOTE.

Ame ingrate & grossiere,
Vous voyant esleué du fonds de la poussiere
Aux supresmes grandeurs, vous payez ce bien
   fait
En deschirant l'honneur de ceux qui vous l'ont
   fait.
Qui peut auoir vaincu ce Geant indomptable,
Et remis cette Reyne en son trône adorable,
Qui peut l'auoir soubmise à mon affection,
Qui vous peut auoir mis dans la possession
De l'Isle la plus belle & la plus fortunée
Qui soit dans l'vniuers, si ce n'est Dulcinée ;
Car ie tiens tout cela pour fait & pour passé,
Sans elle au premier coup i'eusse esté terrassé,
La Reyne n'eust iamais remonté sur son trône,
Et vous seriez contraint de demander l'aumosne.

SANCHO.

Ah Seigneur pardonnez à ma simplicité,
Dans le ressentiment ie me suis emporté,
Aussi doresnauant ie me coudray la bouche
Plustost que de parler de chose qui vous touche ;
Ie voudrois seulement vous dire quatre mots,
Qui me sont importans, & sont fort à propos :
Si vous n'espousez pas cette charmante Reyne

DOM QVIXOTE,

Vous ne ſerez pas Roy.

DOM QVIXOTE.

> *Ne te mets point en peine,*
> *Ç'eſt ma ſeule vertu qui me doit couronner.*

SANCHO.

Et ſi vous n'eſtes Roy que pourrez-vous donner?
Voila ce qui m'oblige à parler de la ſorte,
Voila ce qui m'eſmeut, voila ce qui m'emporte,
Monſieur au nom de Dieu.

DOM QVIXOTE.

> *Ne m'importune plus.*

SANCHO, parlant à D. Lope.

Monſieur par vos diſcours.

DOM QVIXOTE.

> *Ils ſeroient ſuperflus.*

R. DE MICONMICON.

Sanche ne preſſe plus ce miroir de conſtance,
I'approuue ſon refus & ſa perſeuerance,
Qu'il adore touſiours cette rare beauté
Qui dedans le Toboſe a pris ſa liberté,
Et que de leurs amours quelque iour puiſſe naiſtre

Vn guerrier qui ſurpaſſe & ſon pere & ton maiſtre;
Pour vous eſperez tout de mon affection,
Elle releuera voſtre condition,
Et vous aurez vne Iſle.

SANCHO.

Ah la bonne Princeſſe!
Que ne ſuis-je mon maiſtre, apres cette promeſſe
Ie ſuis plus ſatisfait que ie ne fus iamais.

DOM QVIXOTE.

Vous nous obligez trop, auſſi ie vous promets
De n'eſpargner pour vous ny mon ſang, ny ma vie.

R. DE MICONMICON.

Pour accomplir l'effet d'vne ſi noble enuie,
Il faut bien-toſt partir.

DOM QVIXOTE.

Partons tout à l'inſtant.

D. LOPE.

I'ay dans cette Tauerne vn coche qui m'attend.

G

ACTE III.

SCENE PREMIERE

DOM FERNANDE, LVCINDE,
2. des gens de Fernande.

D. FERNANDE, parlant au premier des siens.

I L faut difner icy deuant que de partir,
Lors que tout sera prest qu'on nous fasse
    aduertir,
Allez y donner ordre. En fin ie puis, Madame,
Prendre la liberté de parler de ma flâme;
En vain pour vous sauuer de mon affection,
Vous m'oppofiez les murs d'vne Religion,
Et les fecrets refpects que nous deuons aux Tem-
    ples,
L'Amour trouue par tout des chemins affez am-
    ples,
Et la neceffité que produifent fes loix

Viole impunement toute forte de droicts.
Oüy i'ay rompu pour vous les murs d'vn Mo-
    naftere;
Mais qui peut m'accufer, vn Dieu me la fait
    faire,
C'eft luy qui m'a pouffé dedans tous mes deffeins,
Il enflamma mon cœur, il m'a prefté fes mains;
Mais des mains qui portoient des foudres de ven-
    geance,
Qui deuoient éclatter en cas de refiftance:
C'eft peu d'auoir rompu des murs & des cloifons,
Pour mettre tout en feu ie portois des tifons,
C'eft peu d'auoir caufé des fouspirs & des larmes,
Pour refpandre du fang i'auois la main aux ar-
    mes,
Si quelqu'vn à mes vœux euft voulu s'oppofer,
I'euffe mis en vfage & la flâme & le fer;
En vain pour diuertir mes fureurs legitimes
On m'euft reprefenté que ie faifois des crimes,
Ma refolution ne fe pouuoit ch'anger,
Ie deuois vous auoir, mourir, ou me venger.

LVCINDE.

Croyez-vous de m'auoir?

FERNANDE.

                  C'eft bien ce que ie penfe.

LVCINDE.

Que vous estes trompé!

FERNANDE.

Ce n'est pas ma creance,
Ny la vostre non plus, vous auez trop d'esprit.

LVCINDE.

Vous retenez mon corps.

FERNANDE.

Et cela me suffit.

LVCINDE.

Que vous cognoissez mal la liberté de l'ame.

FERNANDE.

Que vous cognoissez mal le pouuoir de ma flâme

LVCINDE.

La mienne.

FERNANDE.

Peut changer.

LVCINDE.

Ne l'esperez iamais.

FERNANDE.

Le temps.

LVCINDE.

Vous trompera.

FERNANDE.

Mais i'ayme.

LVCINDE.

Mais ie hais.
H ane vous flattez point, ie suis à Cardenie,
Vous n'aduancerez rien par vostre tyrannie,
Les maux qu'elle me fait accroistront chaque iour.
Et ma haine pour vous, & pour luy mon amour.

FERNANDE.

Preferer Cardenie à Fernande, à vous mesme.

LVCINDE.

A la la couronne au sceptre.

FERNANDE.

Il vous fuit.

LVCINDE.

Mais ie l'ayme.

FERNANDE.

N'accorderez-vous rien à ma condition?

LVCINDE.

N'accorderez-vous rien à mon affection?

FERNANDE.

Que voudroit-elle?

LVCINDE.

Enfin son ame se relasche,
Relaschez donc mon cœur, faites vn peu le lasche,
Iettons-nous à ses pieds.

FERNANDE.

Ah Dieux que faites vous?

LVCINDE.

Seigneur permettez-moy d'embrasser vos genoux,
Et de vous suplier.

FERNANDE.

Ah leuez-vous, Madame.

LVCINDE.

Par vostre illustre nom, par l'hôneur, par ma flâme,

Et par les qualitez qui vous font estimer,
D'auoir pitié de moy.

FERNANDE.

Ie veux.

LVCINDE.

Quoy?

FERNANDE.

Vous aymer.

LVCINDE.

Haissez-moy plustost ie suis digne de haine,
C'est moy de qui l'amour vous donne tant de peine,
Et dont l'ingratitude & l'inciuilité
Abusent sans respect de vostre qualité.

FERNANDE.

Mais vous estes Lucinde.

LVCINDE.

Ouy cette miserable.

FERNANDE.

Que i'aymeray tousiours.

LVCINDE.

Et qui n'est point aymable.

FERNANDE.

Ceſſez de blaſphemer, aymez vous, aymez moy.

LVCINDE.

Conſeruez mon honneur.

FERNANDE.

Recompenſez ma foy.

LVCINDE.

Ce que vous deſirez, n'eſt pas en ma puiſſance,
Ie cognoy voſtre amour, ie ſçay voſtre naiſſance,
Et de combien d'honneur vous voulez me com-
    bler;
Mais vn ordre puiſſant, & qu'on ne peut troubler,
Diſpoſe de mon ſort auec tant de caprice,
Qu'il ne m'eſt pas permis de me faire iuſtice;
Oüy dans tous mes proiets ſes tyranniques loix
M'oſtent abſolument la liberté du chois,
Il faut que i'obeiſſe à cette tyrannie,
Outre que mon honneur m'oblige à Cardenie:
Seigneur, conſiderez ſon amour & le mien,
Seigneur, conſiderez mon malheur & le ſien;
Deux ans ſe ſont paſſez depuis que nos deux ames
Se ſentirent bruſler par de communes flâmes;
Tout ſembloit conſpirer à nos contentemens,

L'Eſpagne

L'Espagne n'auoit point de plus heureux amanst,
Et nous imaginions qu'vne perte commune
Pouuoit seule troubler nostre bonne fortune :
Helas qu'en cet instant nostre estat est changé!
Que nous sommes, punis, que vous estes vengé!
Depuis que l'interest, ce monstre abominable,
A corrompu pour vous vn pere impitoyable,
Chaque iour, chaque instant par de nouueaux mal-
    heurs
Sollicite nos yeux à respandre des pleurs:
Ce miserable amant pressé de ialousie
Abandonne les siens, quitte l'Andalousie,
Va peut-estre mourir & d'amour & d'ennuy,
Et ie ne le suy point, & ie vis apres luy;
Meurs miserable meurs de douleur ou de honte.

FERNANDE!

Ie luy resiste en vain la pitié me surmonte :
Mouuements de fureur qu'estes vous deuenus,
Depuis qu'elle a parlé vous ne me parlez plus ?
Fiers & lasches desirs, sanglans bourreaux de
    l'ame,
Qui m'inspiriez n'agueres & le fer & la flâme,
Conseillers violents, tyranniques proiets,
Si vous fustes mes Roys, vous serés mes sujets:
Vieux & cruels tyrans il faut que ie vous chasse,
Et qu'enfin la raison reprenne vostre place;

H

C'en est fait ie me rends, Madame apaisez-vous.

LVCINDE.

Ah laissez-moy mourir.

FERNANDE.

Viuez pour vostre espoux,
Viuez pour Cardenie.

LVCINDE.

Ah Seigneur!

FERNANDE.

Ie luy cede,
Oüy Madame, il vous plaist, ie veux qu'il vous
possede.

LVCINDE.

Puis-je m'en asseurer?

FERNANDE.

Pouuez-vous en douter?

LVCINDE.

Qui peut vous égaler?

FERNANDE.

Qui peut vous resister?

SCENE II.

PREMIER VALET DE FERNANDE.
D. FERNANDE, LVCINDE.

LE VALET.

M Onsieur on vous attend.

FERNANDE.

Aurons nous compagnie?

LE VALET.

Vn ieune Cheualier qu'on nomme Cardenie.

LVCINDE.

Qu'on nomme.

LE VALET.

Cardenie, arriuoit comme nous.

FERNANDE.

Ce nom vous a surprise.

H ij

DOM QVIXOTE,

LVCINDE.

Il eſt vray qu'il m'eſt doux.

LE VALET.

Il conduit vne Dame aſſez bien ajuſtée ;
Mais belle au dernier poiht.

FERNANDE.

Son nom ?

LE VALET.

C'eſt Dorotée.

FERNANDE.

C'eſt.

LE VALET,

Dorotée.

LVCINDE.

Et quoy ce nom vous interdit.

FERNANDE.

Et venge à meſme temps ce que ie vous ay dit ;
Le deſir de les voir ſenſiblement me preſſe.

LVCINDE.

Seroit-ce mon amant ?

CARDENIE.

Seroit-ce ma maistresse?

LVCINDE

Puis-je esperer cet heur?

FERNANDE.

Puis-je attendre ce bien?

Allons donc.

LVCINDE.

Ie crain tout, & ie n'espere rien.

SCENE III.

DOM QVIXOTE, L'ESCVYER DE LA REYNE DE MICONMICON.

DOM QVIXOTE.

Vous deuez esperer que vostre grande Reyne
Bien-tost dans ses Estats terminera sa
peine,
Suffit, ie l'entreprends, & luy preste mon bras:

Mais d'où peut proceder que nous ne partons pas?
Ie brusle de combatre, & mon impatience
Se plaint de ce sejour contre ma conscience;
Car vous deuez sçauoir qu'en ce siecle de fer,
Où l'on voit en tous lieux le vice triompher,
Ie suis né pour l'abatre, & remettre en sa gloire
Ce bel âge doré dont parle la memoire,
Heureux âge à bon droict appellé l'âge d'or,
Oùy par mes beaux exploits tu dois reuiure encor,
L'vniuers reuerra cette belle innocence
Qui te fit estimer au poinct de ta naissance,
Et cette egalité de biens & de desirs,
Dont tu tiras iadis tant de parfaits plaisirs:
Vous qui par cent ressorts, par cent noires prati-
          ques,
Sous des noms specieux de sages Politiques,
Violez la nature & detruisez ses droicts,
Songez à vous ranger sous de plus iustes loix;
Vous dont l'ambition va iusqu'à l'insolence,
Qui croyez n'estre rien si quelqu'vn vous dé-
    uance;
Vous qui faites perir tant d'hommes sur les eaux
Pour vous faire adorer dans des mondes nou-
          ueaux,
Desillez-vous les yeux, voyez ce que vous faites,
Et ce que vous serez apres ce que vous estes.
Et vous braues Heros, qui sans cesse veillez

Au restablissement des Princes depoüillez,
Cessez de vous troubler, & de troubler la terre,
Venez apprendre icy l'art de faire la guerre,
Ne vous amusés plus à faire des combats
Qui coustent tant de sang, & qui ne seruent pas,
Vn Cheualier errant auecques moins de peine,
Et par vn seul combat restablit vne Reyne.

L'ESCVYER DE LA REYNE DE M.

En effect il est vray.

DOM QVIXOTE.

        L'histoire nous apprend
Qu'vn nouice en nostre art en peut restablir cent,
Aller iusqu'aux Enfers combattre auec la Par-
    que,
Faire plonger Charon, & passer dans sa barque,
Couper d'vn seul reuers la teste à dix Geants,
Voir vn gouffre effroyable & se ietter dedans,
Destruire des Lutins, & surmonter des charmes,
Sont les moindres effects que produisent nos ar-
    mes :
Voyez si tous les Roys estoient soigneux d'auoir
De pareils Cheualiers, quel seroit leur pouuoir?

L'ESCVYER.

Grand sans doute.

DOM QVIXOTE.

Il est vray, mais toute la Noblesse
Mesprise le trauail, se perd dans la molesse,
N'eglige la vertu, n'y trouue point d'apas
A cause seulement qu'on ne la corrompt pas;
Ah siecle dépraué!

L'ESCVYER.

Mais que veut Sancho Pance.

SCENE

SCENE IV.

SANCHO, DOM QVIXOTE, L'ESCVYER
DE LA REYNE DE M.

SANCHO.

Monsieur vous pouuez bien me donner vostre lance,
Et remettre à l'arçon l'armet ou le bassin.

DOM QVIXOTE.

Pourquoy?

SANCHO.

Parce.

DOM QVIXOTE.

Respons.

SANCHO.

L'aduenture est à fin,
La Reyne est satisfaite, & dans cette tauerne,
Dieu sçait, & nous nous aussi, comme elle se gou-
uerne,

I

Vn ieune Cheualier la tient entre ses bras,
Qui luy parle d'amour, la baise à chaque pas,
Elle le baise aussi, bref ce sont des merueilles.

L'ESCVYER.

Vous deuez vous tromper.

DOM QVIXOTE.

Croiray-je à mes oreilles.

SANCHO.

Monseigneur l'Escuyer croyez que pour ce point
I'ay des yeux clairs-voyans & qui ne trompent
   point,
Vostre maistresse a tort d'abuser de mon maistre,
Et s'il croit mon conseil il vous fera cognoistre.

DOM QVIXOTE.

Taisez-vous,

SANCHO.

Ie ne puis, c'est vn trop lasche tour.

L'ESCVYER.

Vous vous eschauffez trop.

SANCHO.

Perdre vne Isle en vn iour.

Euſſiez-vous plus de barbe , & fuſt voſtre vi-
ſage
Moins ſemblable à celuy d'vn barbier de village,
Que ie cognois fort bien, vous apprendrez en fin
Que s'attaquer à nous ce n'eſt pas eſtre fin,
Et que voſtre maiſtreſſe.

L'ESCVYER.

Ah vous deuriez vous taire.

D'vne Reyne.

SANCHO.

Elle l'eſt auſſi peu que ma mere.

L'ESCVYER.

Vous perdez le reſpect.

SANCHO.

Ce n'eſt pas là mon mal.
Monſieur il faut venger.

DOM QVIXOTE.

Tais-toy gros animal,
Ie croy certainement que ce n'eſt qu'vn menſonge.

L'ESCVYER.

Le bonhomme a dormy, c'eſt volontiers vn ſonge.

I ij

SANCHO.

Ie ne dors ny ne songe, & vous vous mesprenez,
Vous ne le croyez pas, venez le voir venez,
Ils sont peut-estre encor; mais ils sortent, courage.

SCENE V.

D. FERNANDE, LA REYNE, CARDENIE, LVCINDE, D. LOPE, D. QVIXOTE, SANCHO.

D. FERNANDE, parlant à D. Lope.

O Vy nous le conduirons iusques à vostre village,
Ie veux que ma maistresse acheue ce dessein.

D. LOPE.

C'est luy.

LA REYNE.

Descouurez-vous & quittez-moy la main.

CARDENIE, parlant à Lucinde.

Qui l'eust dit mon cher cœur.

LVCINDE.

Et qui l'euſt creu ma vie.

CARDENIE.

Que Fernande euſt flatté noſtre amoureuſe enuie.

LVCINDE.

Et qu'apres tant de pleurs reſpandus vainement
Le ciel nous reſeruaſt tant de contentement:
Mais eſcoutons cecy.

DOM QVIXOTE.

Ie viens, ma belle Dame,
D'eſcouter vn diſcours qui vous charge de blaſme,
Il eſt bien vray pourtant que ie ne le croy pas,
L'on m'a dit que doutant du pouuoir de mon bras,
Vous auiez reſolu de n'eſtre plus Princeſſe,
Et de couler icy vos iours dans la baſſeſſe,
Auec vn Cheualier dont les yeux languiſſans
Reſpandent vn venin qui vous charme les ſens ;
Si le Roy voſtre pere agit en ceſte choſe,
S'il a peu faire en vous cette metamorphoſe,
Apres ce qu'il a dit dit, apres ce qu'il a creu
De mon noble courage, & de voſtre vertu,
Ie dis que le bon Prince eſt homme de caprice,
Ou du tout ignorant au fait de la milice;

I iij

S'il auoit feuilleté les liures comme moy,
Il auroit moins de crainte, & beaucoup plus de foy;
S'il voyoit renuerfer quatre Geants par terre
Frappez du ieune bras d'Artus Roy d'Angleterre,
La Rocalpine prife, & cent Princes remis
Par vn feul Gerilon qui fut de leurs amis,
Et qui fans l'offencer n'eftoit pas plus qu'vn autre,
Il efpereroit mieux de voftre heur & du noftre:
Croyez-moy rejettez tous ces lafches confeils,
Rien ne peut refifter au bras de mes pareils,
Il eft tout affeuré que i'auray la victoire,
Et que ie vous rendray la couronne & la gloire.

LA REYNE.

Seigneur qui vous a fait ce difcours inuenté?

DOM QVIXOTE.

Sanche mon Efcuyer.

LA REYNE.

L'auez-vous efcouté
Sans vous mettre en colere & venger mon offence?

DOM QVIXOTE.

Venez-ça mal-heureux.

LA REYNE.

Approchés Seigneur Pance,

SANCHO.

Et bien que vous plaist-il?

DOM QVIXOTE.

Quel demon ta seduit

A me faire vn discours qui te pert & me nuit?

Responds traistre.

SANCHO.

I'ay veu.

DOM QVIXOTE.

Tu perciste.

SANCHO.

N'importe,

I'ay veu ce que i'ay dit, ou le diable m'emporte,

Et vous me faites tort de me traiter ainsi,

Monsieur qui la baisoit vous le peut dire aussi,

Et ces autres Messieurs qui l'auront veu sans
doute,

Car ils estoient presens.

DOM QVIXOTE.

Faut-il que ie t'escoute.

LA REYNE, parlant à Fernande.

Il a veu nostre accueil, mais il faut esquiuer.

DOM QVIXOTE,

FERNANDE.

Ie ne ſçay comme quoy vous pourrez vous ſauuer.

LA REYNE.

En voicy le moyen, eſcoutez ma penſée.
Ie croy qu'en ce diſcours qui m'a tant offencée,
Dom Sanche pourroit bien pecher innocemment,
Qui ſçait s'il n'a point veu par quelque enchan-
    tement
De ceux qui tous les iours perſecutent ſon maiſtre,
Ce qu'il a rapporté.

FERNANDE.

                   Cela pouroit bien eſtre.

DOM QVIXOTE.

Madame ſur ma foy vous auez deuiné,
Ce pauure malheureux eſt groſſier & mal né;
Mais il n'a pas l'eſprit capable de malice.

FERNANDE.

Qu'on luy pardonne donc, & qu'il ſe conuertiſſe.

SANCHO.

Que la Reyne ſoit Reyne, il eſt fort bon pour moy,
I'en ay bien du plaiſir, & vous ſçauez pourquoy;
                              Mais

Mais i'en doute.

DOM QVIXOTE.

Insolent.

SANCHO.

Et bien ie le veux croire.

DOM QVIXOTE.

Retiens dorefnauant dans ta foible memoire
Que dedans ce chasteau tout n'est qu'enchante-
    ment.

SANCHO.

Retranchez de ce conte au moins mon bernement,
Ie sçay qu'il fut réel, & mes costes froissées
M'empescheront tousiours de changer de pensées;
Mais baste.

DOM QVIXOTE.

Approche-toy, ie veux t'entretenir;
Ne sçachant en quel temps ie pourray reuenir
De ce lointain voyage où la gloire m'appelle,
Il est fort à propos d'en aduertir ma belle,
L'asseurer de ma flâme, & luy faire sçauoir
Le desplaisir que i'ay de partir sans la voir :
Madame vous plaist-il me donner la licence
D'escrire quatre mots.

K

LA REYNE.

I'ayme voſtre conſtance,
Ie vous l'ay deſia dit, & cheris vn guerrier
Qui ſçait meſler le myrthe auecque le laurier,
Allez, nous vous ſuiuons.

FERNANDE.

Le plaiſant perſonnage!

D. LOPE.

Il vaudroit mieux qu'il fuſt moins conſtant & plus
ſage.

FERNANDE.

Laiſſons-le comme il eſt, & taſchons ſeulement
Qu'il nous puiſſe donner du diuertiſſement,
Auant que de partir de cette hoſtellerie
Il nous faut inuenter quelque galenterie,
Luy faire pièce entiere, & ne rien oublier
Pour ramener chez luy noſtre grand Cheualier;
Nous pouuons rencontrer auec vn peu d'eſtude
Les plaiſirs de la Cour dedans la ſolitude:
Allons y trauailler, ne perdons point de temps,
Et monſtrons deſormais que nous ſommes con-
tents.

ACTE IIII.

FERNANDE, LVCINDE, CARDENIE,
DOROTEE, D. QVIXOTE, SANCHO,
D. LOPE, &c.

SCENE PREMIERE.

D. FERNANDE.

E vous l'ay defia dit à ma confufion,
I'eus tort de trauerfer voftre fainéte
 vnion;
Auffi pour reparer autant qu'il m'eft poffible
La faute que ie fis, qui vous fut fi nuifible,
Qui trahit mon amour, qui bleffa mon honneur,
Ie veux m'intereffer dedans voftre bon-heur,
Faire que vos parents approuuent voftre flâme,
Vous donnent vn efpoux, vous donnent vne
 femme;

K ij

Mais vn espoux chery, mais ce parfait amant,
Mais vne femme aymable, & cet objet char-
  mant.

CARDENIE.

Vn si rare bien fait.

FERNANDE.

                    n'égale pas mon crime,
L'vn fut desraisonnable, & l'autre est legitime,
N'en parlons plus de grace, oublions le passé,
Que vostre mal fut grand!

CARDENIE.

                    Qu'il est recompensé!

FERNANDE.

Que ie vous fus cruel!

CARDENIE.

                    Combien doux vous nous estes!

FERNANDE.

Mais qu'est-ce que i'ay fait?

CARDENIE.

                    Mais qu'est-ce que vous faites?

LVCINDE.

Oüy, Seigneur, il est vray qu'vn si rare bien-
fait
Surpasse infiniment le mal qu'on nous a fait ;
Le soin que vous prenez de finir nos miseres

FERNANDE.

Sont de mon repentir des preuues trop legeres:
Mais de grace laissons ce discours sur ce point.

LVCINDE.

Ie vous cede, Seigneur, & ne replique point.

FERNANDE, se tournant vers Dorotée.

Et vous dont la constance agraue ma foiblesse,
Parfaite Dorotée, adorable maistresse,
Me pardonnerez-vous ?

DOROTEE.

　　　　　En pouuez-vous douter,
Puis-je le refuser ?

FERNANDE.

Puis-je le meriter ?

DOROTEE.

Vous estes mon Fernande.

FERNANDE.

Et vous ma Dorotée.

DOROTEE.

Que i'aymeray tousiours.

FERNANDE.

Mais ie vous ay quittée.

DOROTEE.

Les beautez de Madame excusent vostre erreur.
Mais treue, à ce discours, voicy nostre Empereur.

SCENE II.

DOM QVIXOTE, SANCHO, DOROTEE,
OV LA R. DE MICONMICON,
FERNANDE, &c.

DOM QVIXOTE.

DEsia de toutes parts la terre est esclairée,
Apollon a quitté la couche de Nerée,
Les estoiles de peur se cachent à nos yeux
Sous vn épaix manteau de la couleur des cieux,
Il semble qu'au sommet les montagnes s'allu-
ment,
Que les bois soient dorez ; & que les plaines fu-
ment.
Desia les laboureurs meinent leurs bœufs aux
champs,
Tous les cocqs du logis ont acheué leurs chants,
Mille oyseaux éueillez d'vne voix rauissante,
Saluent à l'enuy la lumiere naissante,
L'ombre s'esuanoüit, la clarté suit ses pas,
Et bref il est grand iour & nous ne partons
pas.

SANCHO.

Desia dedans Seuille à la place publique
On entend iargonner maint courtaut de bouti-
     que,
Desia l'on voit trotter nombre de crocheteurs,
De pages, de laquais, & de solliciteurs,
Et desia maint beuueur pour soulager sa teste
Dedans le cabaret prend du poil de la beste,
Icy dans le logis tout le monde est debout,
La maistresse a soufflé les chandelles par tout,
L'hoste les bras troussez, & le bonnet en teste,
Gouste du bout du doigt les saulces qu'il appreste,
Desia le marmiton commence de couper
La cuisse d'vn poulet qui resta du souper,
Desia de tous costez les poules dejuchées
Vont becquer prés du cocq pour estre recherchées,
La pluspart des pigeons ont desia pris l'essort,
Le vacher a donné le dernier coup de cor,
La truye & ses cochons vont fouger dans la plaine,
Rossinant & Grison ronflent apres l'aueine
Plustost qu'apres le iour de nos sanglans combats,
Et bref il est grand iour & nous ne partons pas.

LA REYNE.

I'appouue les effects de vostre impatience,

                                     Ouy

Oüy Seigneur Cheualier, & vous valeureux
    Pance,
Ie n'arresteray plus vostre bras indompté,

SANCHO.

Ie me passerois bien de cette qualité,
Celle de Gouuerneur sonne mieux ce me semble,

LA REYNE.

Ie vous veux honorer de toutes deux ensemble,
Et peut-estre, suffit, le temps en fera foy.

SANCHO.

Elle veut m'espouser & me couronner Roy,
Ces discours ambigus m'en donnent tesmoignage;
Allez apres cela demeurer au village.

L'A REYNE.

Mais d'où vient-il Seigneur qu'vn guerrier tel que
    vous,
Que Mars ne sçauroit voir sans en estre ja-
    loux,
L'azyle des subjets, le bouclier des Monarques,
Le visible Demon qui fait regner les Parques,
L'ennemy de la Paix, la terreur des Tyrans,
Le foudre des combats, le Roy des Conquerans,
Vn Cheualier criant nourry dans les allarmes,

Que Dom Quixot en fin est aujourd'huy sans
    armes?
Aujourd'huy qu'il nous faut preparer au combat,
Qu'on est prest à partir, paroistre en cet estat;
Ah Seigneur pardonnez à mon impatience
Si i'ose vous blasmer d'vn peu de negligence,
Quand ie verrois briller le fer qui me defend
Ie serois plus hardie, & vous plus triomphant.

DOM QVIXOTE.

Que i'ayme ces transports en vne ame Royale,
Et que ie suis rauy de vous voir martiale,
Oüy, Madame, il est vray que ie deurois porter
Ces foudres éclatans qui me font redouter,
Auoir ma lance en main, auoir mon casque en
    teste,
Et n'estre pas reduit à craindre vne desfaite;
Car comme qu'il en soit on peut estre battu
Sans ces beaux instruments dont se sert la vertu:
Aussi ne croyez pas, genereuse Princesse,
Que l'estat où ie suis soit vn coup de ieunesse,
Pour estre desormais plus propre à vous seruir
I'ay baillé ce matin mes armes à fourbir,
Elles auoient besoin d'estre vn peu derouillées,
Pour en oster le sang qui les auoient souillées,
L'hoste a pris cette charge auecque vanité,
Et ie croy qu'à cett' heure il s'en est acquitté.

LA REYNE.

Seigneur il feroit bon de faire diligence,
Et de partir bien-toſt.

DOM QVIXOTE.

Sanche viſte ma lance,
Mon armet.

SANCHO.

Ie reuien.

D. LOPE.

Le chemin le plus droit
Eſt par noſtre village, & puis par le deſtroit,
Si les contraires vents ne nous font point la
  guerre,
Vous pourrez dans dix ans ſurgir à voſtre terre.

LA REYNE.

Ie n'en ay mis que quatre & la moitié d'vn iour
Pour venir iuſques icy, ie croy qu'à ce retour
Il n'en faudra pas tant, car la ſaiſon eſt belle.

DOM QVIXOTE.

Et nous allons entrer dans la Lune nouuelle.

FERNANDE.

La plaisante raison.

CARDENIE.

Qu'il a l'esprit perdu.

SCENE III

LE BARBIER, SANCHO, DOM
QVIXOTE, &c.

LE BARBIER.

L'*Arron rends ce baßin.*

SANCHO.

*Si tu fais l'entendu
Ie te l'escraseray sur le front.*

LE BARBIER.

*Rends-le traistre.
Tu me l'as desrobé.*

SANCHO.

Tu ments ce fut mon maistre.

Qui le prit & le tient pour l'armet de Membrin,
Quoy tu veux souſtenir que c'eſt là ton baſſin,
Pauuré homme ! ie veux bien que le diable m'em-
    porte,
Si mon maiſtre t'oyoit parler de cette ſorte
Il te tordroit le cou.

DOM QVIXOTE.

                Que veut cet Eſcuyer?

LE BARBIER.

Monſieur vous-vous trompez, ie ne ſuis qu'vn
    Barbier,
Mais fort homme d'honneur, & qui veux qu'on
    me rende
Ce baſſin qu'on m'a pris.

DOM QVIXOTE.

              Ha la belle demande,
Quoy c'eſt là ton baſſin?

LE BARBIER.

             Oüy ie vous le promets.

DOM QVIXOTE.

Ce n'eſt pas vn armet?

                    L iij

DOM QVIXOTE,

LE BARBIER.

Ny le fut iamais.

DOM QVIXOTE.

Retirez-vous amy, voſtre diſcours me laſſe.

LE BARBIER.

Rendez-moy mon baſſin, faites-moy cette grace.

DOM QVIXOTE.

Qui vous la deſrobé?

LE BARBIER.

Vous meſmes l'auez priſ.

DOM QVIXOTE.

Ie le tiens pour armet, pour tel ie l'ay conquis,
Et pour tel tous les iours ie le mets en vſage;
Mais pour mieux vous oſter toute ſorte d'ombrage,
Ie veux que ces Meſſieurs en faſſent iugement.

FERNANDE.

Ie vay prendre les voix.

LE BARBIER.

Voyez-le ſeulement.

SANCHO.

Quoy que mon maiſtre ait dit la ſalade eſt perduë

Puis qu'on la doit iuger au rapport de la veuë,
Et i'infere de là qu'il n'est pas le plus fin.

FERNANDE.

Bon homme allez ailleurs chercher vostre bassin,
Celuy-cy, de l'aduis de cette compagnie,
Doit passer pour armet tout le temps de sa vie,
Consolez-vous, adieu pour la derniere fois.

LE BARBIER.

A ce que ie puis voir les plus forts font les loix.

SCENE IV

DEVX ARCHERS, LE BARBIER
poursuiuant, & dit aux Archers.

MESsieurs soyez tesmoins de cette violence,
Celuy que vous voyez appuyé sur sa lance
Me retient mon bassin, qu'il dit estre vn armet.

SANCHO.

Vous-vous trompez Barbier.

VN DES ARCHERS.

Il faut voir ce que c'est

VV L

DOM QVIXOTE.

Quoy que par les statuts de la vieille millice
Ie me puisse mocquer des formes de justice,
Et qu'il nous soit permis de donner mille coups
A tout autant d'Archers qui s'approchent de
　　nous,
Ie veux bien vous monstrer qu'en sa colere extreme
Vn Cheualier errant se sçait vaincre soy-mesme,
Voyez si cet armet fust iamais vn bassin.

FERNANDE.

Il est trop aüeré c'est l'armet de Mambrin.

CARDENIE.

C'est vn casque bien fait.

D. LOPE.

　　　　　　　　Et de fort bonne marque.

LVCINDE.

Il merite l'honneur d'armer vn tel Monarque.

LA REYNE.

Qui le prend pour bassin vn demon le deçoit.

SANCHO.

En fin c'est vn armet, cela se touche au doigt.

L'VN

L'VN DES ARCHERS.

C'est sans doute vne fourbe.

DOM QVIXOTE.

Et bien que vous en semble ?

SANCHO.

Que diront ils ?

DOM QVIXOTE.

Parlez.

SANCHO.

Ce pauure Barbier tremble.

L'VN DES ARCHERS.

Si nous estions en nombre vn peu moins inégal,
Nous vous ferions bien voir que vous parlez fort
　　mal ;
Mais baste, & pour l'armet Dieu sçait ce qu'il
　　doit estre,
Ce seroit fort bien fait de le rendre à son maistre,
Ce pauure homme à son conte auroit ce qu'il pre-
　　tend.

LE BARBIER.

Monsieur parle fort bien, & monstre qu'il l'entend,
　　　　　　　　　　　　　M.

DOM QVIXOTE.

DOM QVIXOTE.

Insolent, est-ce ainsi que le vin vous emporte,
Quoy vous-vous attaquez à des gens de ma sorte,
Sçauez-vous qui ie suis?

SANCHO.

Ils ne disent plus mot.

FERNANDE.

Songez que vous parlez au vaillãt Dom Quixot.

L'VN DES ARCHERS.

C'est luy que nous cherchons.

L'AVTRE ARCHER.

I'ay pouuoir de le prendre.

LE I. ARCHER.

Secours à la Iustice.

DOM QVIXOTE.

Osez-vous l'entreprendre?

VN DES ARCHERS.

I'ay mon decret en main qui contient mon pouuoir.

DOM QVIXOTE.

Celuy quil'a signé sçait bien mal son deuoir,
Qu'il feüillette s'il veut dans toutes les histoires,
Il verra des combats, il verra des victoires,
Des Cheualiers tuez, d'autres mis aux abois,
Des cheuaux desrobez dans l'espaisseur des bois ;
Mais il ne verra point que iamais la justice
Ait signé des decrets pour prison, ou supplice,
Contre des Cheualiers de ma condition.

VN DES ARCHERS.

Vous n'eschapperez pas par cette inuention,
Messieurs, de par le Roy, permettez qu'on l'en
    meine,.
Si vous nous empeschez vous en serez en peine.

DOM QVIXOTE.

En fin c'est trop souffert.

FERNANDE.

Messieurs retirez-vous,
Vous ne sçauriez d'icy remporter que des coups.

SANCHO.

Si i'appelle nos gens, messieurs de la iaquette,
Ils vous la housseront de cent coups de baguette

CARDENIE.

Si vous ne descampez on vous traittera mal.

LES ARCHERS, en s'en allant.

De voſtre empeſchement ie feray mon verbal.

LE BARBIER, auſſi en s'en allant.

Mon baſſin eſt perdu la choſe eſt trop certaine,
I'en ferois deſormais vne pourſuitte vaine,
Il faut l'abandonner aux mains de ces voleurs,
Que ta perte baſsin me va couſter de pleurs.

SANCHO.

Il s'en va le pauuret plein de melancholie.

D. LOPE, parlant à Fernande.

Voyez dans quel danger le portoit ſa folie,
Quelle riſque couroit ce braue conquerant,
Malgré ſa qualité de Cheualier errant,
Sans nous s'en eſtoit fait, la valeur eſtoit priſe;
Mais de grace, Seigneur, acheuons l'entrepriſe,
Ramenons en ce fou.

FERNANDE.

C'eſt bien là mon deſir,
Mais nous en parlerons tout à l'heure à loiſir.

DOM QVIXOTE.

Et bien ne voila pas vne belle iuſtice ?
On traite la vertu de meſme que le vice,
Celuy qui nuiƈt & iour court à trauers les champs
Pour ſouſtenir les bons & punir les meſchants,
Qui n'a iamais commis n'y ſouffert aucun crime,
Deplaiſt à la Iuſtice, on le veut pour victime,
O Ciel! ô temps ! ô mœurs ! ô comble de mal-
    heur !
La terreur des brigands eſt pris pour vn voleur,
Quoy ? faut-il que ie ſouffre vn ſi ſenſible outrage,
Et que la laſcheté triomphe du courage ?
Traiſtres dont le ſeul nom imprime de l'horreur,
Miniſtres de l'enuie, obiets de ma fureur,
Infames ennemis de mes nobles conqueſtes,
Archers vous apprendrez qui ie ſuis, qui vous eſtes,
Ce bras me peut venger, ce bras vous doit punir.

FERNANDE.

Taſchez de l'attraper & de le retenir.

D. LOPE.

Ie crains quelque mal-heur, partons ie vous ſuplie.

FERNANDE.

Auant que la guerir rions de ſa folie.

Tout ce qu'il vous plaira.

FERNANDE.

J'ay desia disposé
Ce qui sert au dessein que i'auois proposé,
La fille de l'hostesse est adroite & plaisante,
Il faut la deguiser en Damoiselle errante,
Et luy faire conter quelque estrange malheur
Qu'il l'oblige à chercher l'appuy de sa valeur;
I'en ay l'inuention qui me semble assez belle,
Et ie vous promets bien qu'elle sera nouuelle;
Ce grand cheual de bois que l'hoste m'a fait voir
Nous pourra bien seruir pour le mieux deceuoir:
Allons preparer tout, ie veux que chacun die,
Que ce seul incident vaut vne Comedie.

ACTE V.

LA R. DE MICONMICON, D. FERNANDE,
D. QVIXOTE, D. LOPE, CARDENIE.
LVCINDE, BARBERO, SANCHO.

SCENE PREMIERE.

LA REYNE.

PVIS qu'il faut aujourd'huy commencer
    le voyage
  Qui me doit restablir dedãs mon heritage,
l'ay creu de mon deuoir de vous assembler tous,
Pour pouuoir sur ce poinct prendre conseil de vous.
 Ie sçay que la valeur du braue Dom Quixote
Peut seule recouurer la couronne qu'on m'oste,
Que sans aucun secours son bras peut me venger;
Mais il faut craindre tout, & ne rien negliger :

Le Geant qui se veut maintenir dans ma terre
A fait depuis quatre ans des apareils de guerre,
Pour pouuoir resister à de puissans efforts,
Il garde nuict & iour la frontiere & les ports,
Cent mille regiments composent son armée,
Au moins si nous deuons croire la renommée,
Gens hardis & cruels qui meurent dans leur rang,
Qui mangent les corps morts, & qui boiuent leur
    sang,
Ie serois donc d'auis d'enuoyer le bon Sanche
De la part de son maistre, aux villes de la Man-
    che,
Pour leuer seulement deux cens mille soldats.

SANCHO.

Toute l'Espagne en corps ne les fourniroit pas,
Et puis les demandant de la part de mon maistre,
Qui diable pensez-vous qui me voulut co-
    gnoistre ?
Si vous n'auez recours à de meilleurs conseils
Vous errerez long-temps.

DOM QVIXOTE.

                Est-ce de tes pareils
Que Madame attendoit vn conseil salutaire ?
Peux tu sçauoir parler qui ne te sçaurois taire ?
Maudit.

                      Apaise ?

LA REYNE.

Apaisez-vous songeons au principal.
Mais que veut ce Tambour ?

SANCHO.

Il ne sonne pas mal.

SCENE II.

LE TAMBOVR.

Messeigneurs qui de vous est le grand Dom
Quixote ?

SANCHO.

C'est celuy-là qui porte vn bassin pour calote.

DOM QVIXOTE.

C'est moy, que me veux-tu ?

FERNANDE.

Le plaisant compliment.

N

DOM QVIXOTE,

SANCHO.

Seroit-ce point encor quelqu'autre enchantement?

LE TAMBOVR.

La Comtesse Trifalde & sa troupe enchantée,
Que les Magiciens ont tant persecutée,
Desire de vous voir & vous entretenir.

DOM QVIXOTE.

Madame vous plaist-il qu'on la fasse venir:

LA REYNE.

Oüy.

DOM QVIXOTE.

Qu'elle vienne donc, ie suis prest de l'entendre.

SANCHO.

Et moy ie suis tout prest à ne la pas attendre,

LA REYNE.

Arrestez Seigneur Pance on a besoin de vous.

SANCHO.

Me voudroit-on berner?

LA REYNE.

Craindre estant parmy nous.

Ah ce manque de cœur ne m'est pas agreable.

SANCHO.

Hazard, demeurons donc.

SCENE III.

LA COMTESSE TRIFALDE,
& sa suitte.

DOM QVIXOTE.

*Q**Vel port si venerable!*
Et quel dueil si profond!

LE TAMBOVR.

Voyla ce grand Heros,
Qui vous doit redonner l'honneur & le repos.

LA COMTESSE TRIFALDE.

Mes filles adorons ce guerrier indomptable:

DOM QVIXOTE.

Madame leuez-vous.

DOM QVIXOTE,

D. FERNANDE, parlant à la Reyne.

La piece est agreable,
Et nous diuertira.

LA C. TRIFALDE.

Puis qu'il vous plaist, Seigneur,
Ie releue mon corps, mais i abaise mon cœur,
A tous les sentimens que l'humilité donne
Deuant vne si noble & si grande personne.

DOM QVIXOTE.

Que vous plaist-il de moy, dites-le franchement?

LA C. TRIFALDE.

Vn bien qui doit borner vn extreme tourment.

DOM QVIXOTE.

D'où peut-il proceder contez nous en l'histoire.

LA C. TRIFALDE.

Helas! faut-il en encor rappeller la memoire
Des trauaux infinis que nous auons soufferts
Depuis que Malembrun nous detient dans ses
*   fers.*
Oüy sans doute il le faut, puis qu'on nous le com-
*   mande,*

Encore que la peine en deuſt eſtre plus grande,
Prés du Cap Carmorin entre ce bras de mer
Que le Sud mutiné fait ſoüuent écumer,
Et la grand' Tabrobane eſt vn puiſſant Royaume
Fertille en hanetons, tres-abondant en chaume,
Qui dans chaque ſaiſon donne à ſes habitans
Et les fleurs de l'Autone, & les fruicts du Prin-
　　temps :
Magunce commendoit cette fertille terre,
Veſue d'Archipela qui mourut à la guerre;
Elle auoit vne fille excellente en beauté,
Pour qui ſe reſeruoit l'heur de la Royauté;
Cette parfaite Infante eſt commiſe en ma garde,
Comme vn Soleil leuant vn chacun la regarde,
Tous les Princes Voiſins bruſlez de ſon amour
Se parent à l'enuy pour luy faire la cour;
Dom Clauiche ſur tous employe l'artifice
Pour luy faire agréer l'offre de ſon ſeruice;
Ceſtoit vn Cheualier dont la condition
Faiſoit vn grand obſtacle à ſa pretention;
Mais adroit, mais mutin, s'il en fut ſur la terre,
Moqueur, & qui faiſoit parler vne guitterre,
Au reſte bon Poëte & parfait baladin,
Dans preſque tous les artz il ſceut le fin du fin,
Et pouuoit au beſoin tirer des aduantages
De celuy qu'il ſçauoit de bien faire des cages,
Si la neceſſité l'euſt voulu talonner;

N　iij

SANCHO.

Il merite l'Infante, on la luy doit donner,
Ses rares qualitez me charment, ie l'aduoüe;
Mais à n'en pas mentir, i'ay bien peur qu'on nous
*   ioüe.*

LA C. TRIFALDE.

Son merite pourtant n'eust pas eu le pouuoir
De corrompre l'Infante, & de la deceuoir,
Si ce faux Enchanteur ne m'eust plustost deceuë;
Car ma fille iamais ne partoit de ma veuë:
Il fut vn iour entier à me persuader
De laisser prendre vn fort que ie deuois garder,
Et ie croy qu'à la fin il eust perdu sa peine
S'il ne se fust seruy de sa voix de Sirene
Pour chanter quelques vers qu'il auoit composez,
Et dont il enchanta nos esprits peu rusez.
Ces vers disoient ainsi;

*   Belle Antonomasie,*
*   C'est trop de cruauté*
De me vouloir punir par la fin de ma vie.
*   De ma fidelité.*

Mon cœur à ce discours ceda sans resistance,
Clauiche eust dés ce iour l'Infante en sa puis-
*   sance;*

Mais non pas sans iurer qu'il seroit son espoux,
Et ma fille trouua son entretien si doux
Qu'elle le vouloit voir chaque iour à toute heure:
Helas! c'est bien icy qu'il faudra que ie pleure,
L'Infante deuint grosse, & sa mere le sceut,
Qui pourroit exprimer le dueil qu'elle en conceut
Fairoit voir vn prodige, & quoy qu'en dit l'hi-
  stoire
Le plus credule esprit auroit peine à le croire,
Suffit que dans trois iours il falut l'enterrer.

SANCHO.

Elle estoit doncques morte.

LA C. TRIFALDE.

                    On peut bien l'inferer,
Puis que l'on l'enterroit.

SANCHO.

                    Est-ce chose inoüye
Qu'on enterre vne femme estant éuanoüye.

LA C. TRIFALDE.

Non, mais cette Princesse estoit morte en effect.

SANCHO.

Il me semble pourtant que c'eust esté bien fait

De prendre moins à cœur cette grande tristesse,
Et de ne pas mourir, mais tomber en foiblesse;
Car viuant on donne ordre à plusieurs accidents,
Puis ceux que vous contez ne sont pas des plus
    grands;
Clauiche est Cheualier, & comme dit mon maistre,
S'il n'est à present Roy suffit qu'il le peut estre:
Si l'Infante eust choisi quelqu'vn de ses valets,
La Reyne eust eu raison de faire des regrets,
Et mesme de mourir; mais quoy qu'elle ait peu
    croire
Le choix d'vn Cheualier n'oste rien à sa gloire,
Sur tout s'il fut errant; car voila le moyen
De se faire Empereur, & de gaigner du bien.

DOM QVIXOTE.

Oüy, mais voyons la fin de cette Tragedie.

LA C. TRIFALDE.

Magunce estant donc morte & non éuanoüye,
Le Geant Malembrun, cet insigne Enchanteur,
Voulut venger sa mort, car elle estoit sa sœur,
Croyant que nous eussions hasté ce coup funeste.

SANCHO.

Il se trompoit sans doute.

LA

LA C. TRIFALDE.

Oüy, ie vous le protefte.
L'Infante, Dom Clauiche, & moy couuerts de
ducil,
De pleurs & de cheueux, honorions fon cercueil,
Et la troupe funebre autour de nous rengée
Tafchoit à confoler la Princeffe affligée,
Quand du creux du fepulcre il fortit vne voix,
Et Malembrun monté fur vn cheual de bois:
Tel aparût Achille aux Princes de la Grece,
Lors qu'il leur demanda la mort de fa mai-
    treffe;
A cet horrible afpect le fang nous gelle à tous,
Dom Clauiche à l'inftant tombe fur fes genoux,
S'appuye fur fes mains, fa figure fe change,
Il deuient crocodille.

FERNANDE.

Ha l'aduenture eftrange!

LA C. TRIFALDE.

L'Infante à cet objet fe laiffe choir auffi,
Son corps à mefme temps nous paroift racourcy,
Son habit qui fut noir, prend la couleur tannée,
Ses bras fe font velus, fa face bafanée,
Elle n'a plus de voix, ny plus de fentiment,

O

DOM QVIXOTE,

Et bref elle est de bronse, ainsi que son amant,
Ayant d'vne guenon la parfaite figure.

CARDENIE

On n'a iamais escrit vne telle aduenture.

DOM QVIXOTE.

Heureux le Cheualier qui la doit mettre à fin.

SANCHO.

Vous sçauez bien qui c'est, mais vous faites le fin.

DOM QVIXOTE.

Peut-estre.

LA REYNE.

Ceste histoire est la plus rauissante
Qu'on puisse raconter.

LVCINDE.

Elle est diuertissante.

FERNANDE.

Et cette Dame icy ne la traitte pas mal.

LA C. TRIFALDE.

Ces amans donc changez en monstres de metail,

Cet Enchanteur vouloit pourſuiure ſa vengeance,
Et lauer dans mon ſang ſes mains & mon of-
	fence,
Il deſcend du cheual, tire ſon coutelas,
Ie veux fuir ſa fureur, ie tombe au premier pas,
Mes compagnes auſſi ſe renuerſent par terre,
Le voila prés de nous auec ſon cimeterre,
Chacune attend le coup qui doit finir ſes iours :
Luy qui ſçait que les maux ſont legers s'ils ſons
	courts,
S'arreſte tout à coup, & condamne l'enuie
Qu'il eut auparauant d'abreger noſtre vie.
Viuez, dit-il, viuez execrables tiſons
Et des feux de l'Amour & de ſes trahiſons,
Pour punir dignement vos infames pratiques,
Ie m'en vay vous donner des barbes autentiques,
Qui durant deux mille ans feront cognoiſtre à
	tous
L'horreur de voſtre crime, & mon iuſte cour-
	roux :
Soudain qu'il euſt tenu ce funeſte langage
Vne foreſt de poil nous couurit le viſage,
Et ternit la blancheur de nos teints deliez,
En fin nous deuenons comme vous nous voyez.

DOM. QVIXOTE.

Ah Dieu qu'ay-je aperceu ?

O ij

FERNANDE.

Miracle.

LA REYNE.

Ce prodige.

CARDENIE.

M'estonne.

DOM QVIXOTE.

Me rauit.

LVCINDE.

Me surprend.

SANCHO.

Et m'afflige,
Car comme qu'il en soit ie crains l'éuenement,
L'Enchanteur Malembrun est mauuais garne-
    ment,
A ce que ie puis voir par toutes ses menées,

LA C. TRIFALDE.

Lie temps est accompli de ces deux mille années,
Qui nous ont fait verser tant d'inutiles pleurs;
Mais ce cruel enfin touché de nos douleurs:
Allez, nous a-t'il dit, au pays de la Manche
Et taschez à trouuer le grand maistre de Sanche,

Ce vaillant Dom Quixot, dont le bras indompté,
Aux pauures prisonniers donne la liberté,
Et qui veut restablir dedans toute l'Espagne
L'ordre des Cheualiers qui courent la Campagne;
Dites luy que l'armet de Mambrun m'appartient,
Que c'est moy qui l'ait fait, que c'est de moy qu'il
    vient,
Et que s'il me le rend, comme veut la justice,
Ie veux en sa faueur finir vostre supplice,
Et luy faire present d'vn corcelet d'or fin.

DOM QVIXOTE, parlant à Sancho.

Ne crois-tu point encor que ce soit vn bassin?

SANCHO.

Nullement, mais ie dis qu'il en à l'encoulure.

DOM QVIXOTE.

Ie ne veux pas ainsi finir cette auenture,
Mon armet m'est trop cher, & ie crains ce Geant,
A cause seulement qu'il parle d'vn present,
Ils sont tous enchanteurs, & nostre ordre commande
Qu'on traitte à la rigueur tous ceux de cette bande.

LA C. TRIFALDE.

Il l'auois bien preueu; car il me dit aussi,
Que si vous desiriez de le traitter ainsi,

O iij

DOM QVIXOTE,

Preferant le combat à l'eschange des armes,
Il se despoüilleroit du pouuoir de ses charmes
Pour se battre auec vous dans la rigueur des loys,
Et qu'il vous enuoiroit son grand cheual de bois,
C'est celuy qui seruit à Pierre de Prouence
Pour rauir Maguelonne & la porter en France,
Il vole dans les airs plus viste que le vent,
Et va dans moins d'vn iour du couchant au le-
    uant.

DOM QVIXOTE.

Ce party me plaist mieux.

LA REYNE.

Est-ce ainsi qu'on me quitte.

FERNANDE.

Si comme on nous à dit ce cheual va si viste,
Le Seigneur Dom Quixot peut estre de retour
Dans trois ou quatre iours.

LA C. TRIFALDE.

Dans la moitié d'vn iour.

LA REYNE.

Qu'il aille donc en paix où la gloire l'appelle,
Ie ne l'arreste point, l'aduenture est trop belle,

Son honneur m'est trop cher.

DOM QVIXOTE.

Apres vn tel congé.
Que ie suis satisfait, que ie suis obligé.

LA REYNE.

Au moins que le retour soit prompt.

DOM QVIXOTE.

Ie vous le iure
En douter seulement c'est me faire vne injure,
Oüy, Madame, ie veux reuenir sur mes pas.

SANCHO.

Puis qu'il vous le promet il n'y manquera pas.

D. QVIXOTE, parlant à la Comtesse.

Et vous dont les malheurs toucheroient vne
souche,
Et mon cœur & mon bras vous iurent par ma bou-
che,
De ne rien espargner qui soit en mon pouuoir:
Ce cheual viendra-t'il ie brusle de le voir.

SANCHO.

Ne m'en direz-vous point le nom & la famille ?

LA C. TRIFALDE.

Parce que sur la teste il porte vne cheuille,
Qui sert à le conduire & sans peine & sans art,
On luy donna le nom de cheual Cheuillart.

SANCHO.

Ce nom est musical & remply d'énergie,
Mais que ie sçache encor sa genealogie.

LA C. TRIFALDE.

Il est fils de Boos ce cheual nompareil
Qui traine dans le Ciel le coche du Soleil,
Le viste Piritous la choisi pour son gendre,
Il eut pour allié le cheual d'Alexandre,
Pegase, à ce qu'on dit, fut son frere vterin,
Bayard son fauory, Brideдor son cousin,
Souuent auec Frontin il a batu l'estrade,
Le grand Cheual de Troyes estoit son camarade,
En fin il est au rang des illustres cheuaux;
Si Malembrun consent à la fin de nos maux
vous le verrez bien-tost.

SCENE

SCENE IV.

QVATRE DEMONS ENTRENT
portant Cheuillart.

FERNANDE.

Se presentent à nous? Q *Vels objets effroyables*

SANCHO.

Ce sont ma foy des diables,
Malheureux que ie suis i'ay bien preueu cecy,
Et n'ay pas eu l'esprit de m'esloigner d'icy.

DOM QVIXOTE.

Poltron asseure toy.

LVCINDE.

Ie frissonne.

LA REYNE.

Ie tremble.

LA C. TRIFALDE.

Ah Dieu c'est Cheuillart!

P

DOM QVIXOTE.

Oüy, c'eſt ce qui me ſemble,
Raſſeurez̄ vôs eſprits, cecy ne ſera rien.

SANCHO.

Ah laiſſez-moy ſortir.

LA C. TRIFALDE.

Mais gardez-vous en bien,
Si vous-vous aprochez̄ ſeulement de la porte,
Ie crains auec raiſon qu'vn demon vous emporte.

SANCHO.

Helas qu'il faut ſouffrir pour vn gouuernement!

LA C. TRIFALDE.

Ah que i'ay de plaiſir.

SANCHO.

Ah que i'ay de tourment.

VN DES DEMONS.

Monte ſur ce cheual celuy dont le courage
Ne craint point le peril.

SANCHO.

A ce conte ie gage.

Que ce ne foit pas moy, ie crains trop.

VN DES DEMONS.

L'Efcuyer.

Doit monter fur la croupe.

SANCHO.

Allez, vous y fier,
Ad'autres, Malembrun fe trompe bien s'il penfe
En ce voyage icy voir monfieur Sancho Pance,
Ie ne fuis pas fi foux comme ce demon croit.

LE DEMON.

Qu'on laiffe la cheuille en l'eftat qu'on la voit,
Car elle eft comme il faut pour aller prés des nuës ;
Mais auant de courir ces routes incogneuës
Le Maiftre & l'Efcuyer doiuent bander les yeux,
De peur que fe voyant montez fi prés des cieux
La tefte ne leur tourne, & que tombans à terre,
Leurs iambes & leurs bras fe brifent comme verre.

SANCHO.

Et bien ne voila pas dequoy faire enrager ?

VN DEMON.

Le cheual portera fans boire ny manger
Ces vaillans champions iufques dans la contrée

P ij

Où le grand Malembrun leur prepare l'entrée,
Sur tout ie leur defends à peine du treſpas
De deſcouurir leurs yeux iuſqu'à leur dernier pas,
Et lors que Cheuillart donnera teſmoignage
Par ſon hanniſſement de la fin du voyage.

DOM QVIXOTE.

Ces meſſieurs les Demons ont fort bonne raiſon,
Partons Sanche mon fils, quittons cette maiſon,
Allons nous ſignaler, tentons cette auenture
Qui trouble inſolemment l'ordre de la nature,
Faiſons que Dom Clauiche ait l'effect de ſes vœux,
Qu'il ſoit auſſi content comme il fut amoureux,
Que ſa Reyne l'eſpouſe, & que ſes pauures Da-
mes
Deſchargent leurs mentons de leurs barbes in-
fames.

LA C. TRIFALDE.

Ainſi touſiours le Ciel protege vos deſſeins.

SANCHO.

Faites ce qu'il vous plaiſt ie m'en laue les mains,
Ma preſence auſſi bien n'eſt pas fort neceſſaire.

LA C. TRIFALDE.

Si vous n'eſtes preſent il ne ſe peut rien faire.

SANCHO.

Et pourquoy? qu'ont à voir les faits des Escuyers
Auec les actions des vaillans Cheualiers?
Rien sans doute, & l'on dit dans toutes les hi-
	stoires
Tel & tel cheualier gaigna telles victoires,
Protegea tel Monarque, & receut vn tel bien,
Sans que son Escuyer y soit compté pour rien,
Nous serions bien des foux d'exposer nostre vie
Sans honneur ny profit.

DOM QVIXOTE.

Taisez-vous ie vous prie.

LA COMTESSE TRIFALDE.

Ah Seigneur par pitié.

DOM QVIXOTE.

Suffit que ie le veux.

SANCHO.

Considerez ma peur.

LA C. TRIFALDE.

Regardez mes cheueux.

SANCHO.

Ie mouray de frayeur.

LA C. TRIFALDE.

La mort nous seroit douce.

SANCHO.

La crainte me retient.

LA C. TRIFALDE.

Que la pitié vous pousse.

LA REYNE.

Seigneur Sanche il le faut.

DOM QVIXOTE.

Ie le veux.

SANCHO.

Ie ne puis;
Voler dedans les airs malheureux que ie suis,
Et qui me respondra qu'vne telle monture
Ne nous faira pas cheoir sur quelque terre dure,
Ou dans le plus profond des gouffres de la mer,
Qu pour nous écraser, ou pour nous abismer.

DOM QVIXOTE.

Moy ie vous en responds poltronne creature;
Et que si Malembrun me faisoit cette injure,
Il s'en repentiroit auant la fin du iour.

SANCHO.

S'il ne nous preste pas ce cheual au retour,
Comment reuiendrons-nous de ce lointain voyage,
Il nous faudra dix ans, & c'est dequoy i'enrage :
Car pendant ce temps-là, Madame asseurement
Ira se marier auec quelqu'autre amant,
Et donnera mon Isle à l'Escuyer fidele
Du Cheualier errant qui prendra sa querelle.

LA REYNE.

Ne craignez point cela, Sanche ie vous promets
Qu'vn semblable accident n'arriuera iamais;
Reuenez dans cent ans en demandant l'aumosne,
Vostre maistre tousiours aura place à mon trône,
Et vous aurez vne Isle, ou ie n'en auray point.

DOM QVIXOTE.

C'est trop nous obliger.

SANCHO.

Passe donc pour ce poinct;

Mais ſi cet Enchanteur, comme il pourroit bien
    eſtre,
D'vn coup de çoutelas fend la teſte à mon maiſtre,
Comment puis-je éuiter vn ſemblable treſpas?

LA C. TRIFALDE.

Ie luy commanderay qu'il ne vous tuë pas.

CARDENIE.

Merueilleuſe raiſon.

SANCHO.

              Ah Madame Barbuë,
Que vous vous meſcontez, que vous eſtes deceuë,
Si vous imaginez qu'vn tel commandement
Puiſſe arreſter le bras d'vn mauuais garnement,
Ie cognois mieux que vous cette maudite race.

LA REYNE.

Vous craignez ſans raiſon.

DOM QVIXOTE.

            Ce long diſcours me laſſe,
Et vous fairez fort bien de ne pas repartir.

SANCHO.

Qu'el'on me bande donc, puis qu'il me faut partir.

LA

LA C. TRIFALDE.

Donnez voftre mouchoir.

SANCHO.

Helas que i'ay de peine,
Bien-heureux le mouton qui naift couuert de laine,
Et l'homme à qui le Ciel a donné le bon-heur
De naiftre grand Monarque, ou du moins Gou-
uerneur.

DOM QVIXOTE.

Bandez-moy ie vous prie, adieu grande Princeffe,
Attendez-nous icy ie tiendray ma promeffe,
Oüy dans la fin iour ie reuiens en ce lieu.

LA REYNE.

Adieu grand Cheualier.

LA C. TRIFALDE, & tous les autres enfemble.

Adieu Monfieur.

DOM QVIXOTE.

Adieu.

SANCHO, monte.

Les Demons vous ont dit que vous prinfiez la felle.

Q

FERNANDE.

Et bien noſtre auenture?

LVCINDE.

Eſt parfaitement belle.

LA C. TRIFALDE.

N'ay-je pas bien conduit ce diſcours inuenté?

SANCHO.

Monſieur que faites vous?

DOM QVIXOTE.

Es-tu deſia monté?

SANCHO.

Oüy.

DOM QVIXOTE.

Ie te ſuy; pourtant ayant leu dans Virgille
Qu'vn grand cheual de bois à fait prendre vne
Par le moyen des gens qu'on cacha dans ſon ſein,
Ie crains en celuy-cy quelque mauuais deſſein,
Et croy qu'il eſt fort bon que ie m'en éclairciſſe.

SANCHO deſcend du cheual.

Il eſt fort à propos.

LA C. TRIFALDE.

Acheuons l'artifice :
Seigneur ne craignez rien, Malembrun est fort
   franc,
Et ne trompa iamais des gens de vostre rang,
Et le bon Cheuillart ayme trop la franchise
Pour pouuoir approuuer vne telle surprise,
Ie prends sur moy le mal qui peut en arriuer.

DOM QVIXOTE.

Suffit, montons, adieu.

LA C. TRIFALDE.

Desia vous fendez l'air
Plus viste que les traits qui partent du tonnerre,
Sanche, tenez-vous bien vous penchez vers la
   terre.

DOM QVIXOTE.

Ne me serre pas tant.

SANCHO.

A ce que ie puis voir
Nous irons doucement.

FERNANDE.

Garde toy bien de cheoir

DOM QVIXOTE,

Valeureux Escuyer; car sans doute la cheute
Du bastard d'Appollon qui fit la culebute
Du Zodiaque en bas, fut moindre mille fois
Que la tienne arriuant des lieux où ie te vois,
En fin l'esloignement vous cache à nostre veuë,
Vous volez à present au dessus de la nuë,
Allez, allez en paix, le Ciel guide vos pas.

SANCHO.

Si nous estions si hauts qu'ils ne nous vissent pas,
Les pourrions nous entendre?

DOM QVIXOTE.

En pareille auenture
La magie trauaillé, & non pas la nature,
C'est pourquoy ie veux croire, & tiens pour asseuré
Que nous sommes bien prés du plancher azuré.

FERNANDE.

Donnez-moy ce flambeau.

DOM QVIXOTE.

Bon Dieu quelle lumiere,
Serions-nous prés du feu qui brusle sans matiere?
As-tu rien descouuert?

SANCHO.

Ma barbe est toute en feu,

Ie veux resolument me descouurir vn peu.

FERNANDE.

Il se faut reculer.

DOM QVIXOTE.

Garde-toy de le faire.

SANCHO.

Ma foy ie le ferois s'il estoit necessaire,
En deusay-je mourir ; mais ie ne sçay comment
Au trauers mon bandeau ie vois parfaitement.

DOM QVIXOTE.

Tu vois parfaitement, & que vois tu ?

SANCHO.

Meruei!le ;
Mais dont la nouueauté n'eut iamais de pareille,
La terre comme vn poits.

CARDENIE.

Escoutez comme il ment.

DOM QVIXOTE.

Ne descouures-tu point sur ce bas element
Des villes, des chasteaux ?

Q iij

DOM QVIXOTE,

SANCHO.

Non, mais bien plusieurs hommes.

DOM QVIXOTE.

Te paroissent-ils gros ?

SANCHO.

Pas plus gros que des pommes.

DOM QVIXOTE.

Sanche vous-vous trompez.

SANCHO.

Ie ne me trompe point,
Ce que ie viens de dire est vray de poinct en poinct.

FERNANDE.

Quel menteur obstiné.

DOM QVIXOTE.

Pourtant si Sanche n'erre,
Il est bien asseuré qu'il ne voit point la terre ;
Car estant comme poids, il est tout éuident
Qu'vn seul homme la couure, estant beaucoup
plus grand.

FERNANDE.

Le menteur est surpris.

SANCHO.

           Et pourtant il me semble
Qu'vne pomme & des poids se peuuent voir en-
   semble;
Croyez ce qui vous plaist, mais c'est la verité,
Ie voy le monde entier par vn petit costé.

DOM QVIXOTE.

Pour moy ie ne vois rien; mais i'admire sans cesse
Comme vn chèual qui court auec tant de vitesse,
Marche si doucement & fait si peu de bruit:
Que n'en ay-je vn pareil pour mes desseins de nuit.

SANCHO.

Que n'en ay-je vn pareil pour la petite guerre.

FERNANDE.

Attachez ce papier au dessous de ce verre,
Il est temps de finir ce long enchantement,
Vous auec cette mesche alumez promptement.

On alu-
me à
mesme
temps
des fu-
sées qui
éclatét
le che-
ual de
bois.

DOM QVIXOTE.

Quel bruit ay-je entendu ?

SANCHO.

           C'est sans doute la foudre,

Nous sommes tous en feu, Cheuillart est en poudre,
Ah Monsieur, c'en est fait.

DOM QVIXOTE.

Sanche es-tu mort mon fils?

SANCHO.

Nenny.

DOM QVIXOTE.

Voicy l'endroit d'où nous sommes partis,
La Reyne & tous les siens frappez de ce tonnerre
Esuanoüis, ou morts, sont estendus par terre,
Allons les secourir; mais qu'est-ce que ie voy?
L'auenture est finie, & ces mots en font foy.

Il void vn fueil let de papier attaché au dessous d'vne Lune de verre, & y lit la fin de l'auenture.

Le vaillant Dom Quixot acheua l'auenture
　　Du Geant Malembrun;
Par le seul soin qu'il prit de se mettre en posture
　　Pour combatre vn à vn.

Dom Clauiche & sa femme en leurs formes vi-
　　uantes
　　　Contentent leurs souhaits,
Et les mentons barbus de leurs Dames errantes
　　Sont rasez & bien nets.

Suit valeureux guerrier cette grande Princesse
　　Qui te veut emmener,
Et tiens pour asseuré que ta haute proüesse,
　　Te faira couronner.

　　　　　　　　　　　　Et

Et bien que dis-tu Sanche apres cette merueille ?

SANCHO.

Ie ne sçay si ie dors, & doute si ie veille.

DOM QVIXOTE.

Auras tu bien le cœur de douter desormais
Que ie sois impuissant pour ce que ie promets ?
Parle-moy clairement, que crois-tu de ton Isle ?

SANCHO.

Ie commence à songer à ce qui m'est vtile,
A faire ma maison, à composer mon train,
Voyez, comme ie parle & marche en souuerain.

DOM QVIXOTE.

Ma foy mon Escuyer n'a pas mauuaise grace,
I'admire ses transports, & i'ayme son audace;
Ie vous feray du bien, Sanche, mais il est temps
D'assister de nos soings & la Reyne & ses gens:
Madame leuez-vous.

LA REYNE.

Qui me rend la lumiere ?

FERNANDE.

Qui redonne à mes yeux la clarté coustumiere ?

R

CARDENIE.

En quel lieu sommes-nous?

D. LOPE.

Quel bruit ay-je entendu?

LVCINDE.

Qui m'oste le repos?

LA C. TRIFALDE,

Et qui me la rendu?

VNE DES DAMES DE LA COMTESSE.

Quel Demon fauorable a ma barbe rasée?

DOM QVIXOTE.

Vn à qui l'impossible est vne chose aisée.

SANCHO.

C'est Dom Quixote & Sanche, & cela vous suffit.

DOM QVIXOTE.

Pour vous en éclaircir consultez cet escrit.

LA C. TRIFALDE, lit les deux premieres Stances.

Le vaillant Dom Quixot acheua l'auenture
  Du Geant Malembrun,

Par le seul soin qu'il prit de se mettre en posture
　　Pour combatre vn à vn.

Dom Clauiche & sa femme en leurs formes vi-
　uantes
　　Contentent leurs souhaits,
Et les mentons barbus de leurs Dames errantes
　　Sont rasez & bien nets.

Qui pourroit dignement exalter ce miracle?
Ainsi iamais vos vœux ne rencontrent d'obstacle,
Ainsi puissiez-vous voir dans vos bras indomptez,
Celle que vous aymez, & que vous meritez.

　　D. FERNANDE, lit le reste.

Suit valeureux guerrier cette grande Princesse
　　Qui te veut emmener,
Et tiens pour asseuré que ta haute proüesse,
　　Te faira couronner.

Oüy Seigneur Dom Quixot, vostre rare vaillance
En vn sceptre royal changera vostre lance,
Vostre armet en couronne, & Sanche en Gouuer-
　neur.

　　　　SANCHO.

Nous allons bien troter pour chercher ce bon-heur.

　　DOM QVIXOTE.

Ie brusle d'attaquer ce Geant plain d'audace,
　　　　　　　R ij

Ce lasche vsurpateur qui reigne à vostre place,
Ier buste de le voir à mes pieds abatu,
Condamner son orgueil, admirer ma vertu,
Allons, Madame, allons adjouster à ma gloire
L'infalible succez d'vne telle victoire;
Allons cela suffit, le Geant est defait,
Et si mon beau renom ne preuient cet effect,
Il sçaura qu'à mon bras qui iamais ne repose,
S'armer, combatre & vaincre est vne mesme chose.

LA REYNE.

Ainsi tousiours le Ciel assiste vos trauaux.

FERNANDE.

Mette les plus grands Roys au rang de vos vas-
saux.

D. LOPE.

Et permette qu'en finie rameine à la Manche
Ce fou de Dom Quixote, & ce badin de Sanche.

FIN.